もふもふを
vol. 5
知らなかったら人生の半分は
無駄にしていた

ルー
「ルーディス・メウ・カルネウス」という真名《まな》を持つ神獣。美しい毛並みで、強大な力を秘めている。
モモ
ユータが召喚したフラッフィースライムで、召喚獣たちのお姉さん的存在。
チュー助（忠助）
短剣に宿った下級精霊。ユータの魔力を勝手に使って具現化したものの、ユータが変な想像をしたせいでねずみの姿になった。
ユータ
日本の田舎から異世界に転生した少年。領主であるカロルスに助けられ、ロクサレン家の子どもとして生活している。
ラピス
深い青色の瞳と真っ白な体毛を持つ、手のひらサイズの天狐。

シロ
ユータによって召喚された白銀の犬(?)。優しい性格で、ハンバーグが大好物。
カロルス・ロクサレン
ロクサレン地方を治める辺境伯。イケメンだが面倒くさがり屋の元Aランク冒険者。
ラキ
ユータと同部屋の同級生。ユータとタクトのまとめ＆ツッコミ役。冒険よりも素材に興味があり、加工師を目指している。
アンヌ
街中で母親とはぐれたところをユータたちに助けられた迷子。
タクト
元気で子どもらしく、戦いや冒険が好きなユータの同級生。カロルス様に憧れていて、Aランクの剣士を目指している。

CONTENTS

もふもふを知らなかったら人生の半分は無駄にしていた

vol.5

ひつじのはね

イラスト
戸部淑

1章　ユータの帰省

学校から家に帰るだけだったのに、あんなに長い旅路になるなんてね。口元を綻《ほころ》ばせながら自室の扉を開けると、突如目の前に迫った光球3つ。

『ユータ！』『きたよ！』『あえたー！』

「わっ……ふふっ、みんな、元気だった？　久しぶり！」

『ひさしぶりー？』『まだ1ねんもたってないよ！』『でもまってたよー！』

『お主《ぬし》がおらんと、このあたりの心地いい魔素《まそ》が減るのう。学校とやらはどうかの？』

「チル爺《じい》！　久しぶり……じゃないんだっけ？」

『いやいや、ワシらにもちゃんと時間感覚はあるからの。久しぶりじゃて』

オレにしてみれば本当に久しぶりだ。ちょくちょく転移で帰ってるけど、妖精さんたちには会えてなかったんだ。学校は数日お休みだから、この機会に遊べるだろうか。

『あら、これがチル爺さんと妖精さんたちね！　かわいいわ～よろしくお願いね！』

すいっと胸元から飛び出したモモが、机の上で嬉《うれ》しげに体を伸び縮みさせた。

『わっ!?　よ、よろしく？』『すらいむ？』『あぶない？』

『あら、妖精さんには私の声が届くのね。うふふ、かわいい妖精さん、私はゆうたの召喚獣《しょうかん》だから危なくないのよ？　モモっていうの、よろしくね？』

『うん！』『よろしくね！』『わーい！　さわっていい？』

『どうぞ！　柔らかくてふわっふわよ〜！』

モモは妖精さんに大人気だね。モモもかわいいもの好きだから、Ｗｉｎ―Ｗｉｎの関係だ。

『えーーとじゃな……今しがたそのスライム、お主から飛び出てきたように見えたんじゃが……わ、ワシもすっかり耄碌《もうろく》したもんじゃのう……いやはや、いつの間に召喚したんじゃ？　のう？　そうじゃろ⁉』

「大丈夫！　チル爺もうろくしてないよ！　モモは自由にオレから飛び出てくるの」

『あああ……やっぱりぃー⁉　おぅ……この感じも久々じゃ。ちっとも嬉しくはないがの』

チル爺はいつものようにガックリと項垂《うなだ》れた。

『ここで！　俺様登場ーー！』

シャキーーン！　いつものように短剣から飛び出てきたチュー助が、さあ俺様を見よ！　と得意満面でポーズを決める。全く、目立つの好きなんだから……。

『おや、短剣憑《つ》きの下級精霊か、まだ若いの。随分《ずいぶん》人臭いネズミじゃの。まあそっちはよいわ』

ああっ！　チル爺そんな邪険に扱ったら……。

『……俺様どうせ、どうせただの珍しくもない下級精霊……』

しくしくしく、めそめそめそ……ぱたりと倒れたチュー助がうつ伏せで顔を覆《おお》うと、じわじわと涙の水たまりが広がり出す。もうーチル爺！　そこはちょっとでもビックリしてあげなきゃ可哀想《かわいそう》でしょ！　その日の夜、オレはチュー助が眠りにつくまで、ひたすら撫《な》でて慰める羽目になったのだった。可哀想なの、オレかもしれない……。


翌日、タクトはエリちゃんと先約があったので、オレはオレの予定を消化することにした。

さあさあ、何を作ろっか！　もうオレのウキウキは止まらない！　だって和食が作り放題なんだもの！　残念なのは麦ごはんしかないことだけど、オレは元々玄米も麦も好きなので、そこまで気にしない！　ほんのちょっぴりでも白米が混ざっていたら美味《おい》しいのになとは思うけど。

『おい、なんでここでやろうとする……家で作って持ってくればいいだろう』

持ってくるのは必然なんだね。オレは頰《ほお》を膨《ふく》らませて金の瞳を見つめた。

「だってキッチン占領できないもん。それに、料理人さんが集まってきて大変なんだよ！　ここで作ったらルーは美味しい摘《つ》まみ食いもできるし、できたての熱々《あつあつ》が食べられるんだよ？」

『……別に、熱々はいらん』

摘まみ食いはいるんだね。これは許可を得たものと、オレはさっそく和食作りに取りかかった。メニューはどうしようかな？　肉じゃがはやっぱり外せない？　でもこっちでも煮物はポピュラーだから、あんまり目新しくないんだよねぇ。

「うーん受け入れられやすいのってやっぱり照り焼き系とか？　カロルス様には角煮とか……外国の人にも人気な和食ってなんだっけ？」

照り焼きは海外に行った時にも見たことあるんだ。だから人気があるかもしれない、鳥とお魚2種類の照り焼きを用意しよう！　寿司は生魚だし、ちょっと初めてにはハードル高いよね……こっちの寄生虫とか知らないし。大食漢《たいしょくかん》の面々に出す料理だから、この際全部主菜！　ってなってもいいんだ。収納に入れておいたらいつでもできたてのお料理が食べられるしね。

「うん、まずは純粋な和食にこだわらずに、お醤油《しょうゆ》の味に慣れてもらおう作戦！　かな？」

「ラピスっ！　はいっ！」

「きゅっ！」

ズババッ！

「モモっ！」

『シールドおっけー！』

「チュー助！」

『俺様大活躍!!』

いやぁ持つべきものは召喚獣と従魔だね！　ついでに下級精霊。切断担当のラピスはいつも抜群の殺傷《さっしょう》りょ……じゃなくて調理力？　を誇《ほこ》って、ぶつ切りもみじん切りも一瞬だ。食材を投げるオレの手が巻き込まれやしないかと、いつも背中が冷たくなる。ラピスが切った食材はモモがシールドで清潔に受け止めて、雑菌とは無縁の精霊がボウルに集める。ネズミが肉を抱えている姿には若干抵抗を感じないでもないけど。いや、あれは精霊、あれは精霊……。

「よーしラピス、こっちはこのくらいのスライス！　こっちは一口大！　イリスたちはこっちの調味料をお肉に揉《も》み込んで！　エリス、そっちのぼこぼこ煮たったお鍋にこっちの材料を入れて煮込んで！　オリスはこれを準備してくれる？」

えーとえーと、あとは……。こ、これは忙しい。人手（？）は増えたけど指示するのはオレ1人。オレ自身は管狐《くだぎつね》たちができない作業をしつつ、あちこちの進行状況を見なければいけない。そういえばこの間もこんなふうだったような……。

「こら！　チュー助！　生肉触った体でうろうろしちゃダメ！」

「あっ！　オリス、それ多すぎ！」

「ラピス！　無駄《むだ》にみじん切りしちゃダメだよ！　それ以上やったらもう液体だよ！」

「チューー助!!　それ生!!　食べちゃダメ!!　って……精霊ってお腹壊すの？」

ちょっと目を離すと大変なことになりそうな現場で、オレは必死だ。

『主ぃ！　これは？　これは食べてい……あっ』

「あぁー！　モモ!!」

『大丈夫よっ！』

油の煮えたぎった鍋にダイブしそうになったチュー助を、モモのシールドが無事にキャッチした。精霊の唐揚げができるところだったよ……精霊って揚げられるんだろうか？

鍋の周りにシールドを張って、油はねと、匂いに釣られて引き寄せられるおばかさんを防ぐ。

じゅわわわわ……じゅじゅうー！　じゅわじゅわじゅわ……

漂ういい香りに、ぬっと鍋の横に顔を出したのは、澄ました顔の食いしん坊神獣だ。

「はいはい、摘まみ食いね。揚げたてが美味しいんだけどな～、ほら、ふーふー！」

あーんと開けられたのは、オレが腰掛けられるくらい大きなお口だ。吹いて冷ました唐揚げをぽんと放り込むと、大きな唐揚げが随分小さく見えた。お口を閉じたと思ったら間髪入れずに再び開けられてしまった。さっきよりもよだれがだらだらしているところを見ると、とてもお気に召したらしい。

「ルー、摘まみ食いなんだから、ちょっとだけ！　これでおしまい！」

特大の唐揚げをぽいっと入れると、バクンと閉じたお口の中でじっくり大切に味わっているらしい。まるでワインのテイスティングでもしているような表情に、吹き出しそうになった。

「これがお醤油味の唐揚げだよ！　どう？」

『……悪くない。多めに入れておけ』

随分お気に召したらしい。ルーはお醤油味も問題なくいけるんだね！

「きゅきゅ？」

いつまで煮込むの？　と心配げなエリスだけど、エリスが作っているのは角煮！　ごろごろ入ったお肉にいい艶《つや》が出て、とても美味しそうだ！

「うん、いい感じだよ！　お肉がほろほろに柔らかくなるくらいまで、弱火でずうっとくつくつ煮込んでおくんだ」

巨大な前肢《まえあし》がちょいちょいとオレの脇腹をつついた。無言で催促《さいそく》する漆黒《しっこく》の気高い獣、その視線はお鍋に釘《くぎ》付けだ。おひげもお耳も全部目の前の鍋に向いている。

「これ、熱いよ？　はふはふできる？」

『おう』

お鍋に集中しすぎて上の空の気がするけど、ルーは猫じゃないし、大丈夫なのかな。さすがに放り込むと危ない気がして、お玉に載せて差し出せば、ふんふんと匂いを嗅《か》いで低く唸《うな》った。

フヒュウウ……

唸り声に応じるように小さく風が吹き、お肉はくるくると回転しながらルーのお口に飛び込んだ。なんて無駄に高度な魔法の使い方だ。しっぽの先がぴこぴこと動いて、とても満足げだ。ルーの相手をしつつ、オレの手元では照り焼きがつやつやとした輝きを纏《まと》っている。じっくりと火を通した鳥肉は柔らかく、箸《はし》で刺すと透明な肉汁が溢《あふ》れ出す。皮目は網で焼いてきれいな焦げ目を作り、一旦《いったん》お肉を皿に移したら、たれをさらに煮詰めてとろりとさせた。

さて、本日作ったメニューは――、醤油ベースの唐揚げ、ポルクの角煮、鳥の照り焼き、お魚の照り焼き、親子丼！　どう？　見事な主菜っぷり！　まさにカロルス様が選ぶ食事って感じだ。お野菜は……ちょっと和食にはどうかと思うけど、この国の食事情だとサラダかな？　そうだ、カボチャらしき野菜があったから、カボチャの煮物を作ってみよう。あとはお味噌汁とごはんを用意すればいいかな！

でもまあ、既にテーブルの前にいいこで座っている神獣さんが気の毒なので、とりあえずできたものをいただくことにした。

『俺への捧げ物はこれでいいぞ。特にこの茶色い塊《かたまり》だ』

どうやら醤油ベースの唐揚げが、特にお好みのご様子。すっかり満足したルーに久々のブラッシングをすると、完全に爆睡《ばくすい》モードに入ってしまった。これ幸いと、オレは普段触ったら怒られるお耳を、心ゆくまで堪能《たんのう》することにした。お耳はふかふかしている割に薄っぺらくて、先の方が少し冷たい。時折ぴぴっと動いてオレの手を払おうとするのが面白いんだ。

「そうだ、夕食に間に合わせるなら、早く帰らなきゃ」

料理長のジフに出していいか相談しなきゃいけない。まだ支度《したく》をしていないといいんだけど。

「おう、これがお前の言っていた『わしょく』か？　地味で野菜中心の料理だと言っていたが、すごく美味《うま》そうじゃねえか！」

「うーん本来の和食ではないと思うよ！　カロルス様たちが食べやすそうなのを用意したの。これなんかが和食って言えるのかも」

「……そうか。それはあとでいただくとして」

お肉盛りだくさんに喜ぶカロルス様は、差し出したカボチャの煮付けをそっと奥に追いやった。もう、野菜もちゃんと食べてね！　色々作ったけれど、今回のメニューは、麦飯、お味噌汁、照り焼き2種、唐揚げ、サラダ、カボチャ（？）の煮付けを選んでみた。

「オレの国の料理はお醤油を使うことが多いんだよ！　それで、これがお味噌汁。これは定番のスープみたいなもの？　お吸い物より家庭的で具だくさんな感じかな」

「へえ～、僕お吸い物好きだから、楽しみだな！」

「確かにお吸い物の方がきれいで高級な印象ね。でもこちらも、おだしのいい香りがするわ！」

「よし！　とりあえず食おう！　話はそれからだ！」

我慢できなくなってきたカロルス様が急《せ》かす。じゃあ、和食といえばこれをしなきゃね！

「ね、オレがいつもやってるやつしよう？」

「あのお祈りか？　なるほど、そちらの作法に従おう。で、なんて言ってるんだ？」

「確か、『イラーキマス』みたいなのじゃなかった？」

それなんの呪文《じゅもん》？　オレは普段もサッと手を合わせて食べているのだけど、お祈りみたいに見えるんだね！　確かにそうかも。

「いただきます、だよ。お祈りじゃなくてね、オレの国でお食事の前に言う、作ってくれた人たちへの感謝を込めた挨拶《あいさつ》みたいなものかなあ？」

「お前が作った時でも、言ってないか？」

「料理したのはオレだけど、お野菜を作った人やお肉をとってきた人、そうそう、それ以外にも命をいただくことへの感謝だよ。お肉もお野菜も、生きていたものをいただくでしょ？　本当はオレも詳《くわ》しくは知らないけど、そういうことだと思って言っているよ」

「そう……とても素敵なことね。あなたが育った国だって気がするわ」

エリーシャ様がとても優しい顔でオレを撫でてくれた。

「「「「いただきます！」」」」

カロルス様は真っ先にてりてりに輝く鳥の照り焼きにかぶりついた。ナイフを入れると溢れる肉汁に、うまく焼けたとホッとする。実はみりんが見つからないので少し物足りないし、照りも足りないのかもしれないけど。

「んんっ！　うま！　これは鳥肉か？　焼いた鳥肉は普段物足りないと思っていたが……これは美味《うま》いぞ！　これなら鳥肉も肉と認めよう！」

「おおっ、本当だ！　このたれが絶妙なんだね！　甘くてこっくりしてる。こっちの麦も意外と食べられるもんだね。一緒にたれを絡めて食べるとすごく美味いよ！」

「まあ！　これはお魚？　こんなにしっかりした味のお魚なんて初めて。ホントね、このたれが麦とよく合うわ～！　パンとも合いそうね」

「うん、パンともすごく相性がいいんだよ。サラダと一緒にパンに挟《はさ》むとすごく美味しいんだ！」

「よし、じゃあ明日の朝飯《あさめし》はそれにしてくれ！」

「このたれを使った料理を出したら、またすごいことになりそうだね～」

それを聞いて、ふと道中で聞いたことを思い出した。

「ね、ねえ、道中で聞いたの。ここに来たら寿命が延《の》びるって。天使の加護があるって……」

恐る恐る問いかけると、ああ、と微妙な顔をしたカロルス様。

「聞いちまったか。そうとも、このあたりには天使の加護があるって噂があってな。特に冒険者中心に広まったみたいだな。まあ間違いなくお前だな。あとは飯が美味いって話も広まってなぁ。急に人が増えてきちまって、村の規模を変えなきゃいけなくなりそうだ」

「そんな顔すると、ユータちゃんが誤解するじゃないの。本来は領主として大喜びこそすれ、そんな微妙な顔をする必要はないことなのよ。領地が潤《うるお》って喜ばない領主はいないわ！」

「そ、そう？　ごめんなさい、オレのせいで色々大変になっちゃって……」

「あ、悪い。潤うのは嬉しいんだぞ、村のヤツらもいい暮らしができるからな！　こんな辺境で村を潤すなんてお前の功績は計りしれないぞ！　ただなぁ……それが俺の功績になるのがなぁ。お前の功績で俺がいい思いをするのはおかしいだろう」

「全然！　全然おかしくないから！　そう思ってくれるなら、なおさら頑張ってカロルス様の功績ってことにして！　オレの功績なんてイヤだよ！」

力一杯首を振った。全く、まだ納得してなかったのか……。オレも恩恵を受けてお世話になっているんだから、それでいいじゃないかと思うんだけど。

「うっわ！　これ美味い！　ユータ、これ何⁉　めちゃくちゃ美味いよ‼」

その間我関せずと、セデス兄さんは大皿に盛った唐揚げをせっせと自分の皿に移していた。

「それはお醤油ベースの唐揚げだよ！　この間学校でホーンマウスの唐揚げを作った時も、大人気だったんだ。その時はお醤油がなかったから、シンプルな味だったんだけどね」

「ふぇっ？　あっこうれそんあのいううくるの？」

……なんだって？　そんなに唐揚げを詰め込んだお口で話しても、全く分かりません！

「学校でそんなのいつ作るの？　って言ったんだよ。作る機会ないでしょ？」

「ああ、実地訓練の時……」

「ちょっと！　セデス取りすぎよ！　もうダメ！」

「うおお……出遅れた!!　めちゃくちゃ美味いじゃねえか！　くそっ、見た目に騙《だま》された!!」

一人勝ち状態のセデス兄さんの皿には、てんこ盛りの唐揚げ。欲張りすぎだから！　次いでエリーシャ様で、カロルス様が悔しがっている。そうか、見た目で何か分からなかったから、後回しにしたんだね。以前の揚げ物はお魚だったもんね。よく食べるだろうと大皿に山盛りに盛っていた唐揚げは、もうひとつも残っていない。

……ん？　オレの分は？

「サクッとカリッと！　そしてこの溢れるジューシーな肉汁！　ぷりっとした柔らかなお肉！これは美味いよ！　この食欲をそそる香りがおしょーゆなの？　たまらないね！」

「美味しいわ……淡泊な鳥肉が、こんなに味わい深くって美味しいなんて」

「くっ……ユータ、今度はもっと作ってくれるか？　これも肉だな！　鳥だが肉と認めよう！　美味いぞ！　そして外側の茶色いものも美味い！　突き出た部分が特に美味いぞ」

カロルス様は唐揚げの衣がお気に召したようだ。美味しいよね、カリッとしていて。一方でなかなか出番が来ないのは、小鉢《こばち》に上品に盛りつけたカボチャの煮付け。これだけは一般人の食べる量だ。ここの人たちは野菜をあまり食べないからね。

「あらっ？　これ……不思議ね、美味しいじゃない」

「ホントだ、なかなかイケるよ！　しっかり食べた感があるし、野菜って感じはしないね。結構好きだな」

「味がしっかりしてるな。肉には劣るがこれなら食えるぞ」

一通り満足したらしいエリーシャ様が最初に口に運び、美味いと聞いた2人も続いた。こっくりとした甘み、ほこほこした食感。うん、これこれ……ホッと安心するこの味。オレにとっては懐かしい味、カロルス様たちにも受け入れてもらえたようでよかった。

一通り堪能して満足げな3人に、作ったオレも満足——唐揚げは食べたかったけどね。

「ところでさ、さっきなんて言ってたの？　いつ唐揚げ作ったのって聞いた時」

「あ、あれは実地訓練の時に作ったんだよ。鳥肉がなかったから、いっぱい出てきたホーンマウスで作ったんだけど、大好評だったんだ！」

「……実地訓練で？　ホーンマウスがたくさん？」

「お前……詳しく聞かせてもらおうか」

えっ？　言ってなかったっけ？　そういえばあの時の説明は、チュー助に任せただけだったかも。でも、魔物寄せで魔物が出たことは先にチュー助が報告してたと思うし、唐揚げを作るのは悪いことじゃないよね！　オレはにこにこしながら実地訓練の話を始めた。


「――でね、みんなも先生もすごく美味しいって喜んでたんだよ！　ホーンマウスって結構美味しいんだね！　ただ、オレも捌《さば》けるようにならなきゃいけないなって思ったんだ！」

「ああ！　そんなに嬉しそうなお顔をされて！　マリーは耐えた甲斐がありました！」

「こんな天使の笑顔でお話しされちゃったら！　いいの！　いいのよ～ユータちゃんは思うようにすればいいの！　それで何かあってもユータちゃんのせいじゃないもの！」

エリーシャ様がぎゅうっとオレを腕の中に抱きしめた。

「そうは言ってもなぁ。まあ、お前に目立つなって言っても不可能だろうし、仕方ないのかもな」

「もう圧倒的に力をつける方が話が早いかもしれないよね。とっととAランクにでもなれば、そうそう変な輩《やから》に目を付けられたり……しないとも言えないなぁ。なんせ年齢がねぇ」

うーん、確かに唐揚げを作ったら目立つかもしれないけど、それは料理人としてくらいでしょう？　そのくらいなら大丈夫だと思ったんだけど。

「どうして怒られてるか分からないって顔だね。さてユータ、質問です。冒険者の基本の野外食は何でしょう？」

「はいっ！　保存食！」

「それはなぜですか？」

「はいっ！　野外では危険な魔物がうろうろしていて、のんびり食べたりできないから！」

「よろしい、ではホーンマウス狩りに行く適正ランクは？　またその平均捕獲数は？」

「え、えーと、ランクはE～F？　小型の魔物の捕獲数は……3匹くらい？」

「そうだね。では4歳の子どもがホーンマウスをたくさん捕獲して、野外で雑炊と唐揚げを作っているのは？」

「……おかしい……」

　セデス兄さんはにっこり笑った。ガックリ、野外キッチンもダメ？　でもあの保存食を毎日食べて生活するなら冒険者にはなりたくない。ホーンマウスをたくさん捕獲したのは不可抗力だし、みんなに証拠隠滅してもらったから、どのくらい倒したのかは分からないはずだもの。

そう思えば唐揚げパーティも意味があったんじゃない？

「ユータ様は目立たないようにするのは無理そうですね……」

あれはあれでよかったんじゃないかな？　なんて考えていたら、ため息を吐《つ》いた執事さんに言われてしまった。

「ユータちゃんは、もう思いっきり目立ってもいいんじゃない？　王様のお気に入りになれば、それはそれで抑止力抜群なのよね、やっかみも多いけど」

「あ、そのことでね！　オレいいこと思いついたんだ。オレ、どうしても目立っちゃうみたいだからね、もういっそ他の人がオレくらい目立ったら、誤魔化《ごまか》せるんじゃないかなって！」

「ふうん？　まあそうかもしれんが、どうやって他のヤツを目立たせるんだ？」

「今ね、タクトやラキたちとひみつの特訓していてね、あと魔法使い組の子３人とも、ひみつ特訓しているんだよ！　おかげでこの間の実地訓練でも大活躍だったんだ！」

「えーと、つまりユータは、クラスの子たちを規格外に育てようってわけ？」

「うん！　みんなが普通よりできる人になったら、オレも目立たなくなると思うんだ！」

「まあ、それでどうなっても、実力が上がればクラスのヤツらは喜ぶだろうしな」

そう、これはやって損はない計画。よし、みんなの実力アップ、頑張ろう！

◆◇◆◇◆

「う……重い、重いよ……」

どしりと重量感のある巨体は、ふわふわと柔らかな手触りだ。胸苦しさに目覚めたら、案の定どアップで視界を埋めている、桃色の蛇《へび》さん。

「プリメラ、おはよう！　また太っ……大きくなったんじゃない？」

鋭い視線に慌《あわ》てて言葉を変える。ふう、危ない。プリメラ、そんなこと気にしてたの？　心持ち普段より長くオレの上に居座っているのは気のせいだろうか？

コンコン——。上品なノックの音に、執事さんかなと見当をつけて返事をした。

「ユータ様、伝言を預かっております。タクト様たちが、本日は一緒に遊びたいと」

「ほんと!?　ありがとう！　すぐに用意して行くよ！」

大急ぎで朝食を済ませて飛び出すと、村の広場で2人を見つけた。

「お、ユータ思ったより早いな！」

「おはよう！　えっと、ユータ様？」

そっか、エリちゃんとはあの時以来なので、ほぼ話したことはなかったね。

「ユータでいいよ！　エリちゃん、元気だった？　ママさんは？」

「ユータちゃん、ありがとう！　私もママも元気よ！　ママね、あれからすごく調子がよくなったの。今までいい時も悪い時もあったんだけど、今はずっといい時なのよ！　すごく怖かったけど、パパの体も治ったしママもよくなったし、ここに来て本当によかった！」

「そ、そう。それはよかった！　ここはいいところだもんね」

ちょっぴり冷や汗を流しながら笑顔を向ける。ママさんに使った回復薬は、普通よりちょっと効果のあるやつだから……そのせいもあるかもね。

「ユータ、昨日は何してたんだ？　俺、エリの案内であちこち連れ回されてたんだけどさ、向こうに湖があるんだろ？　そこ行ってみねえ？」

「行く行く～！　水遊びする？　まだちょっと寒いかな？」

ただ、湖に行くなら大人が必要らしい。2人の両親は忙しそうだし、オレが館から誰か呼んでくることにした。

水遊びの準備ができたらここに集合って約束して、一旦館へと駆け戻る。マリーさんは一応オレ付きのメイドさんらしいし、来てくれるんじゃないかな？　さて、どこにいるかな？

「マリーさーん！」

「はいっ！　なんでしょう!?」

早っ!?　とりあえず呼んでみると、残像が残る勢いで笑顔のマリーさんが現れた。それ絶対近くにいたんじゃないよね!?　メイドさんってすごい……。

「えっとね、タクトたちと湖の方に行きたくて。大人が一緒じゃないとダメなんだって」

「そ、それでマリーを……マリーを選んで下さったのですね⁉　嬉しゅうございます！　行きましょう！　今すぐ行きましょう‼」

オレを引っつかんで行こうとするマリーさんを引き留め、なんとか諸々の準備を済ませてから待ち合わせ場所へと向かった。

「あれ？　大人ってそのお姉さん？　魔物が出るかもって言われたけど、大丈夫なのか？」

「うふふ、大丈夫ですよ。このマリー、命に代えても皆さんを守りますからね！」

いやいや、マリーさんが命がけで守る事態って、想像つかないよ。


「おおー結構でっかい湖なんだな！　きれいじゃん！」

最強のメイドさんに護衛され、それぞれ手を繋《つな》いで歩いて、ほどなくして湖に到着した。ルーの湖ほどではないけど、ここも静かで凛《りん》とした雰囲気のある、オレの好きな場所だ。

「ここ、エビビ放してもいいかな？　でもこの水から出したらすぐに消えちゃうかな……」

タクトは首から下げている移動用エビビホームを持ち上げた。じゃあこの湖に生命魔法飽和《ほうわ》水放り込んだらいいんじゃない？　って思ったら、モモにむにっと小突かれた。

『そんなことしたら滅茶苦茶《めちゃくちゃ》よ、おバカさん！　この中に水を入れたらいいんじゃない？』

モモが、スッとエビビをシールドで包んだ。なるほど、ここへ生命魔法飽和水を入れれば、見事球体水槽の出来上がりだ。

「エビビ、よかったな！　いっぱい遊んできていいぞ！」

タクトは、そっと水槽を湖に浮かべた。エビビが楽しそうなのかどうかはサッパリ分からないけど、とりあえずタクトは満足そうだ。


「次！　次わたし！」「俺も！」

「はいはい、順番ですよ～！　3、2、1、せいっ！」

「きゃーーーーー！」

エリちゃんの悲鳴が天高く上がって、再び近くなる。

パウン……パウン……ぱちゃーん！　落ちてきたエリちゃんは、ごくごく薄く弱く張ったシールド2枚を突き抜けて、湖に水しぶきを上げた。

「ぷはっ！　もう1回！　もう1回ー！」

「俺！　俺が先！」

「オレも～！」

人気絶頂アトラクションは、マリー・カタパルト。最初こそ背丈くらいの高さでも怖がっていたものの、シールドで落下速度を緩《ゆる》めてあげると、２人の要求する高さはどんどん上がっていった。エリちゃんでさえ既に５ｍくらいだろうか。

「いいですか？　行きますよ～？　３、２、１……」

「発射！」

びゅうん！　オレのかけ声と同時に、華奢なカタパルトから射出《しゃしゅつ》された小さな体。ごうごうと耳元で風が鳴り、ロケットのように打ち上がっていく。周囲の木々がはるか足下に見えるほどに上がると、ぞぞっとする感覚と共に落下が始まった。

「わあーーー！」

ぞくぞくする感覚を楽しみながら、両手を広げて風を受ける。きゃっきゃと笑ったら、よだれが後ろへ飛んでいきそうだ。よーし、今度は何回転しよう？　着水寸前に、くるくると回転や捻《ひね》りを加えて、着水はあくまで静かに、スッと吸い込まれるように行うのが肝心だ。

「きゅ！」

うーん、結構いい線行ったと思うんだけどな。最近採点の厳しいラピスはなかなか10・0を出してくれない。高得点を狙うためには、そろそろ技の構成を考え直す段階に来ているのかもしれない。もっと魂《たましい》に訴えかけるような、感情的な表現の必要が……。

「ユータちゃん……す、すごい……」

「お前は相変わらず滅茶苦茶だな！」

試技《しぎ》について悩んでいたところで、エリちゃんが目を丸くして褒《ほ》めてくれた。そっか、タクトだから気にしてなかったけど、エリちゃんはオレのことあんまり知らないもんね。

「そうでしょう⁉　ユータ様はすごいんですよ！　素晴らしい才能をお持ちです！」

「ま、マリーさん！　そういえばお腹空いたなー！　そろそろお昼ごはん食べたいな！」

ここぞとばかりに、ずいっと前へ出て語ろうとするマリーさんを遮《さえぎ》って、なんとか押しとどめた。マリーさんのスイッチが入ってしまったら危険だ。

「ねえねえ、あそこでごはんはどう？　きっと気持ちいいよ！」

「えっ？　あ、あんなところで⁉」

「どうやって……アレで行くのか⁉」

オレが指さしたのは大きな大きな木の上。枝が四方に張り出して、ちょうどよく腰掛けられそうだし、中央の方は多少のスペースがありそうだ。

「うふふ、わんぱくなのはいいことです。マリーがついてますからね、ちゃんと落っこちる前にキャッチして差し上げますよ」

マリーさんは、自分が見える範囲で、危険を回避できることならあまりとやかく言わないようだ。見えないところでやるとすごく心配されるけど。まずはこのびしょ濡《ぬ》れの服を着替えようと、２人のために簡易更衣室を用意して、オレはその隙に魔法で服を乾かしておいた。

「この数時間の付き合いだけで、タクトの言ってた意味がよく分かったわ……」

「え？　オレのこと？　タクト、何話したの⁉」

「お前がポンコツってことだよ！」

ひ、ひどい！　何も知らないエリちゃんにそんなこと吹き込んで～！

『大丈夫、主はポンコツはポンコツでも優秀なポンコツだから！　気にすることないって！』

否定してくれないんだ？　そんなに連呼しなくても……。それに、チュー助にポンコツ呼ばわりされるなんて非常に心外だ。むくれたオレを見て、２人が可笑《おか》しそうに笑った。

気を取り直し、みんなの準備が整ったところで、オレたちは大木《たいぼく》の下へスタンバイした。

「じゃあ、まずオレが行って、２人をキャッチできるようにするよ。マリーさん、お願い！」

オレは１人で登れないこともないんだけど、まずは大丈夫ってところを見せないとね。

「では行きますよ～！　それっ！」

ひょーいと投げ上げられて、はるか頭上へ飛んだ。ちょっと上がりすぎかな？　くるっと半回転して逆さまで枝を蹴《け》ると、もう一度半回転して目的の枝に着地した。

うん、オレが飛んでも跳《は》ねてもびくともしない。ちょっと重いかもしれないけど、肩を貸してね。ごつごつと固い木の皮をそっと撫でてお願いしておいた。

「おっけー！　２人もおいでよ〜！」

「え、ちょっ、ちょっと待って？　心の準備……あぁぁぁ〜！」

にっこり微笑んだマリーさんに、有無を言わさず射出されたタクト。

ぱうん！　モモの絶妙なシールドを突き抜けて、ストンと着地すると同時にへたり込んだ。

「む、む、無理ぃ〜！」

「もう終わったよ？　無理じゃなかったでしょ」

恨めしげなタクトの視線を受け流して立たせると、下に向かって手を振った。

「いいよ〜！　エリちゃんはちょっと怖いかな？　マリーさん、一緒に上がってこられる？」

「お安いご用ですよ！」

ホッとしたエリちゃんは、スッと小脇に抱えられて、きょとんとマリーさんを見上げた。ひょい、ひょい、ひょーい、くるっ、スタッ！　あちこちを蹴りながら、マリーさんはエリちゃんを抱えてあっという間に上がってきた。

「マリーさんカッコイイ！」

「ありがたき幸せ！」

樹上でハイタッチ！　マリーさんは、相好《そうこう》を崩すとはこのことばかりの笑みだ。

「あー。あれならオレ１人で飛ぶ方がいいわ」

傍らで蹲《うずくま》る蒼白《そうはく》な顔をしたエリちゃんに、タクトがしみじみと言った。

「さ、ごはんにしよう。もし落ちてもシールドがあるし、マリーさんもいるから大丈夫だよ！」

「ひ～、そう言われてもケツがひやひやする！」

「こんな高いところに来たの初めて……」

上からも下からも木の葉の擦《こす》れ合うさやさやとした音が響き、枝葉を抜けてきた優しい風が頬を撫でる。素足を空中でぶらぶらさせると、通り抜ける風がとても気持ちよかった。

オレは太い木の枝に腰掛け、２人は木の幹にもたれるように座った。どうやら背中を預けるものがないと不安らしい。腰を落ち着けたところで、さあ食べよう。

「これは親子丼っていうんだよ。卵と鳥肉が入ってるんだ」

「ん？　もしかして鳥の卵だから親子なのか？　プッ！　なんだそのネーミング！」

「ふふ、面白い名前～！　でもすっごく美味しそう！」

親子丼、このシンプルな料理は奥が深い。オレが好きな親子丼は、たれが少しとろりとして、甘めのつゆをたっぷり！　ふんわり半熟に固めた卵の上には、さらに温泉卵を載《の》せて。本当は生卵の卵黄を載せるんだけど、生は怖いかなと思って温泉卵にしてみた。

「名前はともかく、マジで美味そうだ！　食ってもいいんだよな？」

スプーンでがつがつと美味そうに食べるタクト。美味いと言う間も惜《お》しんでむさぼる様子に、エリちゃんも慌てて食べ始める。どうやら大変お気に召していただいたようで、にこっとしたオレも、自分の丼《どんぶり》に取りかかった。

「いただきまーす」

まずはそのまま、つゆの味を確かめつつ一口。うん、懐かしい味！　麦ごはんはちょっとぽそぽそするけど、丼にすると気になりにくくていいな。鳥肉のぷりっとした食感もいい具合だ。よし、あとは温泉卵を崩して……つゆを吸った半熟卵と、卵本来の味わいを保った温泉卵が混じり合い、魅惑《みわく》のハーモニーを奏《かな》でる。

「美味しーい！」

つゆの甘みに卵の甘み、そこへ鳥肉のうま味が加わって、思わずにっこりだ。夢中で樹上ランチを楽しむオレたちは、木漏れ日色のまだら模様に染まっていた。

木の上ってどうしてこう落ち着くんだろうね。ここまで高いとあまり虫もいないし、本当に快適だ。これはＤＮＡに刻まれた安全地帯の記憶だろうか。のんびりと食後の休憩中、太い枝にうつ伏せになって四肢《しし》を垂らすと、枝葉の間からちらちらと遠くに地面が見えた。

お腹は満足、居心地もいい。固い枝でほっぺが少々痛いけど、オレは次第にウトウトし始めた。この姿勢ってあれだね、パンダみたい。確かに安定するよ……賢いね、パンダ――。

「ゆ、ユータ！　お前、さすがにそんなトコで寝るなよ！　お前寝たらシールド消えんじゃねえの⁉　落ちたらどうすんだ‼」

気持ちいい風の中、大樹に抱かれて、夢の世界に片足を突っ込もうとしたところで起こされてしまった。

「んー……モモが起きてたら大丈夫……。ここ高いから……オレは落ちても大丈夫……」

「寝るなっての！　高いから危ないんだろ⁉　なにが大丈夫なんだよ！」

「……たかいから……おちるまでに……めがさめるよ……」

「無茶苦茶だな⁉　お、おいって！」

も～、タクトも寝よう？　オレの意識は、すうっと心地よい眠りに吸い込まれていった。

＊＊＊＊＊

「こんなところで眠れるほど、俺の心臓に剛毛《ごうもう》は生えてないんだよ！」

こいつ、マジで寝てやがる！　どうしたものかと振り返ると、デレデレしたマリーさんがユータをそっと抱え上げた。

「あらあら、ユータ様ったら……」

「ふふ、ユータちゃんってこういうところは小っちゃな子なのね～。眠っていたらかわいい子どもにしか見えないのに」

「寝てる場所が普通じゃねえけどな」

膝枕《ひざまくら》でお腹にタオルをかけて、そっと頭を撫でられている様子は、まるでどこかの一室みたいだ。でもここ、地上からはるか離れた木の上だぞ!?

「気持ちよさそうね。……なんか私も眠くなってきちゃった」

お前もかよ!? エリも案外肝っ玉の据《す》わったところあるからなぁ……。

「大丈夫ですよ、ちゃんとマリーが見てますからね」

本当かよ……その膝枕やめて、ちゃんと助けてくれるんだろうな!? でもユータがいるところはともかく、俺たちが体を預けている場所は、そうそう落っこちる場所じゃない。

こつん。そう言ってるうちに、エリがもたれかかってきた。

「なんかタクト硬くなったね。寝心地悪いわ」

「へへっ! だろ!? 俺だってあいつらに負けないように鍛《きた》えてるんだからな!」

ここぞと胸を張って言った俺に、ふーんと気のない返事をして小さなあくびをひとつ。完全に目を閉じたエリから、ほどなくしてすうすうと寝息が聞こえ始めた。

全く、危機感のないヤツらだ。マリーさんはクソ強いと思うけど、ユータにべったりだし、ここは俺がちゃんとしなきゃな! 冒険者は見張りができなきゃ話にならないからな!

＊＊＊＊＊

「んん……あれ？」

「目が覚めましたか？　そろそろお声かけしようかと思っておりました」

気持ちよく目覚めると、聖母《せいぼ》のような顔をしたマリーさんが視界に入った。

「あ、ごめんね。枕にしちゃってたんだね」

「いいえ‼　まさに、至福《しふく》の時……でした」

満ち足りた表情を見るに、本当にそれでよかったのだろう。まるで後光が射しているような神々《こうごう》しい微笑みだ。タクトたちは、と見ると、木の幹にもたれかかって「人」の字のように眠っている。ふふ、結局2人とも寝てるじゃないか。小さな子が寄り添って眠っている姿は、とてもかわいらしい。普段はやんちゃなタクトも、こうして見るとまさに天使の寝顔だな。

うーんと伸びをして、太い枝にごろりと寝転がる。見上げれば、揺れる葉にきらきらする木漏れ日。葉の擦れ合う心地よい音。ああ、きれいだな――みんなに、見せてあげたいな。

「ねえモモ、次に喚《よ》ぶのはどの子がいいのかな？」

『そうね、私は割り込みの特例だから例外として、普通は若い者の方が喚びやすいらしいから、年齢順じゃない？』

「そっか、そうなると……次は白山さんかな」

『ああ、あの子が一番若かったのね。私よりずっと大きくなったから忘れちゃってたわ』

「モモと比べたらみんな大きいよ～！」

『そうでもないでしょ？　小谷さんだって同じぐらいでしょ？』

「小谷さんか……確かに」

早く会いたいな……2人の元気な様子を想像して、自然と口元が綻んだ。残りの召喚の授業はあと2回。それが終わったら卒業として召喚陣をもらって、それで終わりなんだって。

特殊項目の授業は、授業数が5～10回と、とても少ない。中でも召喚の授業は才能によるものが大きくて、最初のスライム召喚ができたら、あとは各自の素質によって喚べる者が変わるので、あまり教えることもないらしい。結局実際に授業中に召喚するのはスライムだけだ。その代わり、新たな召喚をしたいと思ったら、在学中は先生立ち会いの下で行えるそうだ。

オレはもちろん1人で――いや、ルーのところで召喚しようかな。あそこなら人に見つからないし、生命の魔素が豊富だから、オレの魔力が足りなくなっても補充できる。またルーが怒ると思うけど、何かあったら経験と知識豊富なルーがいるのはとても心強いからね。

「ふあぁ――あ？　あれっ？　俺寝てた!?」

がばりと体を起こしたタクトのせいで、エリちゃんの頭がタクトの膝に落ちた。

「いったぁー。もう、何よ……」

ぼんやりとした顔で目を擦るエリちゃん。

「うっわ、俺こんなとこで寝ちゃってたよ……」

タクトはどこか落ち込んだ様子だ。いいじゃない、気持ちよく眠れたんだから。

「皆さん目が覚めましたか？　では夕方になる前に、村の方へ戻りましょうか」

「お、おう……。どうしたんだ？　マリーさん、なんかキラキラしてねえ？」

「ユータちゃん成分の充填《じゅうてん》が完了したんじゃない……？」

ここそこ話す2人を置いて、オレは下を覗《のぞ》き込んだ。うん、いけそうだ。

「マリーさん、オレ先に下りるから2人を見ていてね？」

「ええ、ユータ様は大丈夫ですか？　何かあればこのマリー、風より速く駆《か》けつけますが」

「大丈夫だよ！　最後はシールドも使うから。じゃあ、先に行くね！」

「えっ？　おいっ!?　ユータ!?」

「きゃああ！」

2人に手を振って飛び降りると、悲鳴を上げられてしまった。先に行くって言ったのに。心配されないよう、とん、とん、と枝を使ってゆっくり下りていく。ただ、下の方には枝がないから飛び降りるしかない。一応シールドで勢いを弱めつつ、回転と捻りを加えてスタッと着地した。ちなみに回転と捻りを加える必要は全くないし、ついでにポーズを決める必要もない。

上の方で何やらタクトの怒った声が聞こえるけど気にしない。2人が下りやすいように先に下りたんだからね！　ちょっと高さがあるから大規模になるけど、木の周りを囲むようにくるっと回ればいいかな？　頭の中でしっかりとイメージして、土魔法を発動！

ズズズ……と立ち上がる土壁が、ゆっくりととぐろを巻くように木を覆って、タクトたちのところまで到達した。

「うっわ、な、なんだこれ……？」

『タクト、ほら行け！　尻になんか敷いといた方がいいかもな！』

「えっ？　チュー助、行けってどういう？」

「ねえ、もしかしてこれって滑って下りろってこと？　わあ～ユータちゃんって……魔力が多いって、こんなこともできるんだ。魔法使いってすっごく便利ね！」

「エリ、騙されるな！　魔法使いはこんなのじゃないはずだぞ……」

悲鳴を上げるタクトと、実に楽しそうなエリちゃんを順番に受け止めると、ぐったりと四つ這《ば》いになったタクトが、じろっとオレを見上げた。

「なあ、お前さ、もしかして上まで階段作れたんじゃねえの？」

「作れるよ？」

「じゃあ、上まで飛んでいくことなかったじゃねえか!!」

「え〜！　そんなの面倒でしょ？　階段で上ったら大変だよ？」

「大変じゃねえ！　先に言え!!」

それこそ先に言ってくれればいいのに〜。口を尖《とが》らせつつ、名残《なごり》惜しく湖を振り返った。

久々にいっぱい動いて遊んで楽しかったな。訓練はいつもしているけど、遊ぶのとはまた違う。

『ご機嫌《きげん》ね。あなたは子どもなんだから、いっぱい遊んだらいいのよ』

「うん！　ありがとうモモ。オレ、なんだかすっかり子どもになっちゃったみたい」

『ふふっ！　あなたは元から子どもみたいだったと思うけど？　でも今はどこからどう見ても子どもね。安心して子どもでいるといいわ』

にこにこしながらマリーさんと手を繋いでの帰り道、オレはまだ知らなかった。家では随分へそを曲げたカロルス様たちが待っていることを……そしてそのご機嫌をとるために、せっせと大量の唐揚げを作る羽目になることを——。

2章　闘技場を舞う小鳥？

「お？　ぼっちゃん、こっちにも顔出しに来てくれたのか！」

久々に兵士さんたちのところへ遊び……訓練しに行くと、兵士さんたちは嫌な顔ひとつせず迎え入れてくれた。兵士さんの訓練に入ると、たくさん褒めてくれるし、まるでオレがすごいように感じるけれど、カロルス様たちと訓練すると毎回それがガラガラと崩れていくんだ。

「おーい、ユータ様が来たぞぉ！」

わいのわいのと集まってきたいかつい男性陣は、目尻に皺《しわ》を寄せてオレを撫でてくれた。みんな怖い顔をしてるけど、気のいい優しい人ばかりだ。

「学校はどうだ？　ん？　もう誰かぶっ飛ばしたんじゃねえか？」

「お前を担当する先生は可哀想だな！　はっはっは！」

——気のいい人たち、のはずなんだけど。普通は学校で嫌な目に遭《あ》ってないか？　とか心配するもんじゃないの？　こんな幼児が通ってるっていうのに！

「オレそんなことしないよ！　いいこにしてるよ！　……たぶん」

ちょっとやりすぎて驚かせちゃった時もあったかもしれないけど、でもちゃんと真面目に授業を受けて、悪いこともしてな——秘密基地を作ったぐらいは、大丈夫だよね。

「何だ？　あのガキ」

「おいおい、ここはガキの遊び場かよ……」

「バカっ！　あれは領主様のぼっちゃんだぞ！」

奥の方に、見たことのない人たちが数名、不審《ふしん》げな目でこちらを見ていた。まだ若くて、下手したら20歳にもならないんじゃないだろうか。そりゃあ訓練場に幼児が入ってくれば、当然の反応だ。オレの目の前にいた年配の指導者さんが、ふと悪い顔をしてオレを抱っこした。

「お前たち、ユータ様はお前たちより先輩だぞ？　先にここで訓練してたんだからな！　お前らよりよっぽどデキる兵士だぞ。お前らはまだまだ、この小さなユータ様にも劣るからな！もっと真面目に鍛錬することだな！」

「な……ふざけるな!!」

「冗談じゃないッスよ！　俺たちをバカにするんスか!?」

ど、どうしてそんなこと言うかな!?　当然ながら怒り出す若者たち。そりゃそうだよね！ごめんね！　両脇を支えられて、ぷらーんと若者たちの前に差し出されたオレは、睨みつけられて非常に居心地《いごこち》が悪い。怒るなら指導者さんに怒ってほしい。

「ほお……自信があると見える。お前たちがユータ様に勝てるとでも？」

ニヤニヤ笑いが止まらない指導者さん……確信犯だ……。

「ヒューヒュー！」「ユータ様、思いっきりやっちまえ！」

野次《やじ》混じりの声援が飛び交って、闘技場《とうぎじょう》の観覧席はお祭り騒ぎだ。事の発端は、生意気なばかりで言うことを聞かないよそ者新人たちだ。今年はロクサレン地方に来る人が多かったおかげで、５人の新人が入ってきたそうだけど、いずれもヤクス村より規模の大きな街から来たもんだから、田舎貴族と馬鹿にして、ちっとも身を入れて訓練しないそうだ。それを聞いてオレも怒った。カロルス様をバカにするだって⁉　よろしい、そこになおれ。

――そんなわけで、こんな一大催しになってしまった。うまく乗せられたと思わなくもない。やっぱり老獪《ろうかい》な人たちには敵わないとため息を吐いた。

「ユータちゃん頑張ってー！　生まれてきたことを後悔《こうかい》させて差し上げるのよ！」

「ユータ様！　血の海に沈めてやりましょう！」

どこからか嗅ぎつけたエリーシャ様とマリーさんから、物騒《ぶっそう》な声援が届いた。

「ユータ、何面白そうなことやってんの？　君が帰ってきたら本当に退屈しないね！」

「おいおい、俺をのけ者にする気か？」

「あなたには執務があるでしょう？」

執事さんも仕事あるよね!? 結局、みんな観客席と化した観覧席に集まってきてしまった。

「おい、汚ねえぞ！ 仕組んだのか！ 俺ら勝ったらクビになるしかねえじゃん！」

「ご子息なんだろ？ 卑怯《ひきょう》だぞ！」

そりゃあ、そうなるよね〜。結局八百長《やおちょう》かと悔しがる新人たち。

「カロルス様ー！ 新人たちが勝ったらどう致しますー!?」

それを見て取った指導者さんが、観覧席のカロルス様に声を張り上げた。カロルス様も新人たちの様子を見て気付いたらしい。オレの方をチラリと見て腕組みすると、にやりと笑った。

「ふむ、どうするかな。お前らが勝ったら……給料を倍に、ボーナスも付けるぞ！ そんな腕利きなら、そのくらいもらっておかしくはないからな！ ただし！ 負けたら1カ月減額、訓練は俺が抜き打ちで見に行く！」

「ほっ……本当か!? いや、本当ですかっ!? 約束を違《たが》えたりしませんよね!?」

「で、でもご子息が怪我《けが》をしたり、攻撃が当たったりしたらクビなんてことには……」

「ハッ！ 俺が訓練する時はいつも当ててるぞ！ 心配いらん！ 回復薬もたんまり（ユータが）用意してある！ ……まあ当たらんと思うが」

「うおお！ 聞いたか!? あのガキに勝つだけで倍だとよ！ 運が向いてきたぜ！」

「領主様、実は俺らを認めてくれてたんじゃねえ!?」

カロルス様が最後にぼそっと小声で呟《つぶや》いた言葉は、耳に入らなかったらしい。さすがに勝つ気満々でいられると、オレだってむっとする。こんな姿じゃしょうがないとは思うけど。

『主ぃ！　胸が躍るなあ！　いやーやっぱしこういうのいい！　戦いって感じだ！　主も早く魔物討伐に行く必要があるぞ！　ただし、俺様の安全には配慮して！』

「うん、討伐はともかく、オレも冒険したいから早く仮登録したいなぁ。待ち遠しいよ！」

闘技場へ上がる階段の前で、たくさんの人にチュー助がそわそわしている。目立ちたがりの本領発揮で、締まりなくによによしていた。チュー助が戦うわけじゃないから、気楽なものだ。

「そぉ～れでは！　今回の催事に当たって領主様より開会宣言だ！　心して聞きやがれ！」

ノリノリの司会が登場したと思ったら、セデス兄さん……何やってんの。いつの間に催事に!?　模擬戦するだけなんですけど!?　なんでこんな一大イベントになっちゃったの。

「おう、まあどっちも頑張れ！　勝ったら俺ともやろうぜ！　よし、始めやがれ！」

「よぉし！　野郎ども！　ユータVS新人諸君のぉー、給料を賭けた模擬戦、ここに開戦だ！

果たしてそこにユータのメリットはあるのか!?」

……えっ？　ホントだ、オレは勝っても何もなくない!?　ずるいよ新人たちだけ！

「私の右手から登場しますはぁー、新人君1号！　まずはこいつだぁー！」

「負けたら訓練倍にするぞー！」「いいぞー！　新人、ちったぁ気張れよぉー！」

給料倍と聞いて、やる気がみなぎったらしい新人が闘技場へ上がって一礼する。

「続きましてぇー！　左手から登場しますはぁー、言わずと知れた！　ロクサレン家の宝！ユーータぁーー!!」

どうっと小さな会場が沸《わ》いて、ビクッと肩を揺らした。規模は小さいけど、ボクシングの試合とかこんな感じなのかな？　ドキドキするね！

『ようよう、主！　ぼさっとしてないで行くぞ！　カッコよく決めるんだぜ！』

ちょこちょこと先導するチュー助について、オレも闘技場へ入場する。大歓声に応えて手を振ると、せーの！　でチュー助とタイミングを合わせ、くるくるっと宙返りプラス、シャキーンのポーズ!!　決まった、よね！

「きゃーーー！」

黄色い歓声が上がって、対戦相手は少し顔を引き締めた。完全に舐《な》められて試合するのは面白くない。身体能力は高いんだよ？　と見せつけるためのパフォーマンスは、思惑通りの効果を得られたようだ。チュー助は満足したのかスッと短剣に戻った。もちろん今回の試合でチュー助は使わない。オレはナイフ二刀流の木剣《ぼっけん》（？）、相手も長剣の木剣だ。

「両者位置についてーー、始め!!」

審判の声で姿勢を低く構えた。さあ、オレの初めての本格的な対人試合の始まりだ！

先手必勝とばかりに、開始と同時に飛び出す相手の男。オレは幼児でナイフ、相手は大人で長剣、リーチの差は圧倒的だ。とにかく間合いに入らないと何もできやしない。

身体能力があれど、やはり幼児だと舐めているのだろう、一気に決めてやろうと見え見えで大ぶりの袈裟懸《けさが》け。オレだって、日々努力してるんだから。最初にちゃんと能力を見せてあげたから、恨みっこなし！　次の人に本気でやってもらうために……犠牲になってもらうねっ!!

ガキィッ！

オレの右肩から斜めに入る軌道を、すいっとくぐって踏み込むと、標的を捉《とら》えられなかった剣が激しく闘技場の床を叩《たた》いた。と同時に、軽く飛んで回転を加えたオレの蹴りが、相手の右手首にヒット！

「ぐあっ!?」

両方の衝撃で剣を取り落としたのを確認して、地面を舐めるように背後に回り込むと、くるりと回転しつつ膝裏にナイフの二連撃！　たまらず崩れる体勢を、もう片方の膝裏も蹴り抜いてさらに加速させた。

カラン、と落ちる剣、どうっと背中から床へ叩きつけられる男。そして、その胸の上には、既に喉元《のど》にナイフをクロスさせたオレがいた。

「……勝負あり！　勝者、ユータ！」

シン、とした会場がどおっと沸いた。対戦相手は、呆然《ぼうぜん》と胸の上に座る幼児を見つめた。そりゃあまさか幼児に負けるなんて、思いもしなかったんだろう。オレはそっとナイフをしまうと、ぐっと顔を近づけてにこっとした。

「ふふ、油断したでしょ。カロルス様は、もっともっと、ずーっと強いんだよ。バカにしたら、許さないから！」

しっかりと釘を刺しておいて、ぴょんと後ろへ宙返りすると、大歓声に手を振った。

「さあ1回戦を制したのはぁー！　戦う小鳥、ユーーターー!!　華麗な身体捌き、ご覧になれたでしょうかー⁉　これは私もうかうかしてられません！」

響き渡るアナウンスに、ガクッと力が抜けた。こ、小鳥……セデス兄さん、オレもっとカッコイイのがいい。ひとまず、危なげなく勝ててよかった。でも次からは相手も油断しないだろう、気合いを入れなければ。ふう、と一息吐いて階段を下りようとしたら、審判に引きとめられた。なぜか困惑顔の審判さんにオレも首を傾《かし》げる。

「あのぅ……その、カロルス様から、『時間がないからユータは下げるな、どんどん行け』とのお言葉で。連戦、大丈夫でしょうか？」

えー？　いいけど……オレは5試合連戦なの⁉　でもここでむくれても審判さんが困るだけなので、渋々承諾する。別にカロルス様はお仕事に戻っていいんだよ⁉

「えー、なんとユータ選手は連戦するようだぁー！　それもこれも俺が見たいから！　領主のワガママ権行使だぁ！　頑張れユータぁ！」

「カロルス様！　ユータが可哀想だぞー！」「仕事しろー！」

「うるせー！　俺だって見たいんだよ！　てめえらだけズルいんだよ！」

味方してくれる場内にくすっと笑い、続く相手に目をやった。剣を持ち盾《たて》を構えた、兵士の基本スタイルだな。油断なく構える様子は、先ほどのようにはいかないかな。

「両者位置について――始め！」

相手は、きちんと盾を構えてじりじりと接近してくる。分かっていたことだけど、この木剣での試合は、オレに圧倒的に不利だ。なんせ真剣じゃないから叩く衝撃しか与えられないのに、力がない上に重さもない、小さな体に小さな武器。威力を増すためには回転が必要で、回転すると隙も増える。ほとんど剣VS体術の戦いだ。じっくりと間合いを詰めてくる慎重派の相手を見つめ、オレは少しカロルス様への嫌がらせを思いついて、悪い顔で笑った。

「ぐっ……このっ！　このっ!!　なんでっ、当たらねえ!?」

最初の慎重さとは打って変わって、大汗を掻《か》きながら剣を振り回す相手。今回は『攻撃を全部避《よ》けて試合に時間をかけよう作戦』だ！　避けるだけならこの程度、セデス兄さんやラピス部隊に比べたら軽いものだ！

――え？　カロルス様？　あれは……あれはね、避けるものじゃないよ……。

「おいっ！　ユータ!!　無駄に時間かけるな！　早くっ！　早くしろっ！」

カロルス様の焦った声が聞こえる。これも立派な作戦だよ？　相手の体力と集中力を削るっていうね。でも、お相手はいたく傷ついている様子なので、ここらで反撃に転じよう。

「くっ!?」

横薙《な》ぎを避けつつ前に飛ぶと、相手もすかさず目の前に盾をかざす。残念！　オレ、今ナイフ持ってないの。がしりと盾を掴《つか》むと、逆上がりの要領でくるりと体を内側へ入れつつ、ぐっと縮めて――。

「はっ!!」

裂帛《れっぱく》の気合いと共に、思い切り全身を使った両足の蹴りが、相手の頭を捉えた！　……ふう、この短い足が届かなかったらどうしようかと思った。

頭への強い衝撃に、剣を取り落としてふらりと相手の体が傾いた。あ、意識が危ういかな!?　ゆらりと落ちる頭を抱え込んで、ゆっくりと体を地面に横たえる。だらりとした四肢、呆《ほう》けた表情、脳震とうで意識がもうろうとしちゃったようだ。この症状自体は一時的なものだけど、万が一にも後遺症が残っては困る。オレはそっと回復魔法を流した。

「しょ、勝負あり！　勝者――ユータ!!」

またしても沸いた場内に、抱えた相手も呻《うめ》いて目を瞬《また》いた。

「大丈夫？」

「う……なんだ？　どうなった？　なんか、気持ち悪……」

「ごめんね、オレが頭を蹴ったから。回復薬、飲める？」

まだふわふわした表情の彼に、手を添えて回復薬を飲ませた。これでもう大丈夫だろう。

完全に覚醒《かくせい》したらしい彼は、気まずそうにオレから離れた。

「その、ありがとう」

振り返って告げられた、案外素直なその言葉に、オレはにっこりと笑った。

「連戦の疲れを全く感じさせない2回戦ー！　またもやユータの勝利ぃい!!　ひらひらと舞う様はまるで蝶《ちょう》！　ただし！　このちっこい蝶々、時々ブレスを吐《は》くぞぉー!!　さぁーー次はっ？新人たちが一矢報《いっしむく》いることができるのかー!?」

「カロルス様、早く執務に戻って下さい。また間に合わなくなるでしょう!?」

「くそっ！　お前だって仕事はどうした！　俺だって最後まで見たい！」

「私は終わってからでもきちんとこなせます。さあ早く！　会場にシールド張りますよ！」

ノリノリのセデス兄さんのアナウンスの陰で、カロルス様たちがぎゃあぎゃあと言い争っていた。カロルス様、残念！　お仕事に戻ってね！

「よおぉおーし、分かった！　じゃああと1試合だ！　お前らもユータが強いのは分かっただろ？　あとはまとめてかかってこい！　ユータ、やれるなっ!?　よし、やれる！　さあ始めろ」

「えっ？」

「えっ……あっ、その、で……では、３回戦、バトルロイヤル始めっ!?」

いいの？　って顔で戸惑う新人さん３人。かかってこいって……やれるな!?　じゃないよ！　横暴！　これに勝ったら絶対何か要求しよう！　そもそもバトルロイヤルじゃなくて1対３じゃないか！　むすっとむくれて身構えると、新人さんたちも慌てて武器を構えた。

片手剣、長剣、長剣。若い人には長剣が人気あるみたい。タクトも大剣や長剣ばっかり見てたもんね。そりゃあ、剣が大きい方がカッコイイけど、ねっ……！　オレは1人だ。遠慮なんてしてられない！　右端の長剣さんの切っ先が下がっているのを見て、電光石火の突撃を決める！　２回とも初撃は相手に譲っていたし、いきなり3人相手に突っ込んでくるとは思わなかったのだろう。慌てて振り上げようとする手首を踏んで、サマーソルトのごとく顎《あご》を蹴り上げた。ごめんね！　あとでちゃんと治療するから！　幼児の力で相手を沈めるには、狙う場所が急所になっちゃうんだよ！

がくっと膝をついた長剣さんの喉元に、ぴたりとナイフを当てて、まず1人っ！　審判が頷《うなず》いたのを確認して素早く離脱した。残り、２人！　さすがに危機感を覚えた新人さんは、見栄も外聞も捨てて、協力して挑むようだ。じりじりとオレを挟んで近づいてくる。ぐ……どうしよう。不用意にくるくる回転していたら狙い撃ちだ。

迷う間にもじりじりと迫る２人。もうすぐ長剣の間合いに入ってしまう。

「く！　行ったぞ！」

「分かってる！」

オレは長剣さんを選んで、一気に間合いを詰めた。

「はあっ！」

空気を裂いて振り下ろされた長剣を、今度は避けずに突っ込んでいく。本気で振るわれた剣は、木剣といえどもなかなかに怖い！　フッと息を吐きつつ、相手の剣にナイフを当てると、すいっと勢いを受け入れて、力の流れを変えてあげる。どうだ!!　これぞカロルス様直伝《じきでん》、ぬるぬる剣!!　これはやられると本当に腹が立つんだから!!

「あっ……？」

するりと勝手に力の向きを変えられて、真正面で隙だらけになる体。でも、今はダメだ！　長剣さんがチラリとオレの背後を見た。分かってるよっ！　後ろの片手剣さんを感じつつ、そのまま体当たりする勢いでスライディングした。長剣さんの股下を抜けざまに伸び上がると、くるっと宙返りの勢いを利用して相手の肩まで飛び上がった。相手の肩に手をついて、逆立ち状態で喉にナイフを当てれば――よしっ２人目っ！

「ごめんね！　ちょっと背中、貸してねっ！」

パッと肩から手を離すと、落下しながら長剣さんの背中を蹴って飛びすさった。たたらを踏んだ長剣さんが、オレに追いすがる片手剣さんの進路を塞《ふさ》いだ。乱暴に押しのけた頃には、オレも戦闘態勢ばっちりだ。これで1対1、だね！

にこっとしたオレに、片手剣さんがぎりっと歯を食いしばった。

「ちくしょ、なんなんだよ……おかしいじゃねえか！　どうなってんだよ!!」

「おかしくなんてないよ！　オレだって頑張って訓練したんだから！」

「頑張っただけでなってたまるかよ！　俺だって訓練ぐらいしてるわ！」

「なるよ！　いっぱい死にそうになって頑張ったもん！　片手剣さんは訓練してるだけでしょ！　頑張りもしないでできるわけないよ！」

ぐっと詰まる片手剣さん。どこまでできるかは人それぞれだけど、頑張りもしないでできないって言うのはあまりにカッコ悪いよ！　それはできないんじゃなくて、やってないって言うんだよ！　相手はダッと間合いを詰めるオレを見て、慌てて牽制《けんせい》する。振るわれる剣をすいすいと簡単に避けながら尋ねた。

「当たったら手足が吹っ飛ぶ攻撃を、避け続けたことは？　体力が切れたら回復しながら、それでも動けなくなるほど頑張ったことは？」

「こ、このっ！」

「一歩も動かない人に、一太刀も浴びせられないまま、受け流され続けたことは？　それも、木の枝でね！」

繰り出される荒い剣を、全て受け流す。オレも、このくらいならできるようになったんだな、と、どこか感慨深く思った。

これで、終わりっ！　左手で剣を流し、くいっと前へ半身を入れ込んで、思い切り飛び上がった。相手の首にぶら下がるように両のナイフを当てると、飛んだ勢いに足の振り子を加えて、ぐるりと一周!!　これ、実戦ではやりたくないね。きれいに首が落ちるやつだ。木剣でも刃の方だと切れるかもしれないから、峰の方でやった。

「ぐうっ!?」

首に赤い輪をつけて、片手剣さんの動きが止まる。

「それをね、普通の訓練に加えてやったら、こうなったよ」

項垂れた片手剣さんの手から、からりと木剣が落ちた。

アレ？　宣言は？　首を傾げて審判さんを見つめると、ハッとした審判さんが近づいて、オレを高々と持ち上げた。

「最終戦、勝者——ユーター!!」

ウオオオー!!

「うおー！　野郎ども見たか！　最終戦ーー!!　まさかの連戦、まさかの3対1の条件で！

勝者は小さな猛者《もさ》、ユータだあぁ!!」

どおおっと歓声がうねりを上げて、総立ちになる観客たち。少し照れ臭くて、へらっと笑って小さく手を振った。ところでさ、普通こういう時って、片手をとって上げるものじゃないの？　どうしてオレはライオン王の子どものお披露目《ひろめ》よろしく、掲げられてるのだろう。

下ろしてもらったら、一目散《いちもくさん》に顎を蹴り上げた人のところへ走った。座っているところを見るに、回復薬を飲んだのだろうけど、念のため彼の顎に手を当てる。

「痛かったよね、ごめんね？」

心配なのは、顎より頭の方。こっそり流した回復魔法に、彼は心地よさそうに目を細めた。

「なんかお前の手、柔《やわ》くて気持ちいいな」

「子どもの手だからね」

「そうだな。——ちっせえ手……」

そっとオレの手をとって苦笑すると、頭をぽんぽんとしてくれた。

「ちっこいくせに……お前の方がよっぽど生意気だ」

うっ……それは確かにそうかも。回復魔法が功を奏したか、顔色のよくなった彼は、オレと顔を見合わせて笑った。

「お前、さっき言ってたの、本当か？」

気付けばオレは新人さんの輪の中にいて、尋ねてきたのは最後に相手した片手剣さんだ。

「そうだよ。頑張ったからできるようになったんだよ」

「いや……その、ここではそんな死にそうな訓練をやるのか？」

「そんなわけないよ！　普通の訓練以外にって言ったでしょう？　自主練だよ！　あ、でも小枝で剣を受け流すのは、カロルス様の訓練だけど！」

すっごく腹が立つんだから！　と息巻くオレに、戦慄《せんりつ》する新人さんたち。

「領主は腕が立つとは聞いていたけど、てっきり過去の栄光かと……」

「カロルス様はね、ものすごく強いよ！　それに他の――」

身を乗り出したところで、むぐっと背後からお口にフタをされた。

「ユータちゃん、あんまり家庭事情をバラしてはいけませんよ！」

エリーシャ様！　そっか、他のみんなが強いのは一般には秘密なんだっけ？　特にマリーさんあたり。突然登場した領主夫人に、新人さんたちが慌てて頭を下げた。残念だけど、この人たちはまだ、本当の意味でロクサレンの兵士と認められてはいないようだ。

「じゃあまたね！　オレもまた訓練に行くよ！」

「あ……その、すまな――すみませんでした、おま……ぼっちゃんのことも、領主様のことも。侮《あなど》っていました」

「ううん！　オレはこんな見た目だもの、当たり前だよ！　それにね、オレは拾ってもらった子だから、そんな畏《かしこ》まらなくていいと思うよ！」

「ユータちゃんっ！　何を言うの!?　あなたはウチの子よ！　ああ……そんなこと言わせちゃうなんて、愛情が足りなかったのね!?　今日はずっと抱っこしていてあげるからね！」

「えっ、ちょっとそれは……」

新人兵士を圧倒した小さな猛者は、ぎゅうぎゅうと抱きしめられたまま連れ去られていった。

＊＊＊＊＊

「片手剣さん、か……。せめて、名前を呼ばれるくらいにはなりたいもんだな」

少し苦い思いを噛《か》みしめながら新人たちが兵舎へ戻ると、先輩兵たちが寄ってきては肩を叩いて慰めた。どんなに馬鹿にされるかと身構えていた彼らは、情けない顔で俯《うつむ》いた。

「知ってたよ、勝てねえってな！　悪かったな、お前らが仕えるロクサレン家ってのがどんなもんか、知って欲しかったんだよ！　口で言っても分からなかったろう？」

「はは、分かるわけないッス。領主様はあの子でも一太刀も当てられないんでしょ？　そこまでバケモンだなんて知らなかった……。長男様だってあの子より強いらしいし」

「あんなちっこい時からこれじゃ、将来はどんな剣士になるんだか。俺たち、国イチの剣士を輩出する家に仕えることができるのかもしれねえッスね」

　少し晴れた顔で言った新人に、兵士が首を傾げた。

「うん？　知らなかったか？　ユータ様は剣士じゃないぞ」

「「「えっ？」」」

　新人たちが、思いもかけない台詞《せりふ》に、間抜けな顔で兵士を見つめた。

「すげー腕の立つ魔法使いだぞ！」

「「「ええっ⁉」」」

「あれっ？　ぼっちゃん、従魔連れてませんでした？　従魔術士目指してるんですよね？」

「「「えええっ⁉」」」

「違うって！　なりたいのは召喚士だって言ってたぞ！」

「「「ええええっ⁉」」」

新人たちの頭上にはハテナマークがいっぱいだ。

「ま、まあ子どもの頃にはなりたいものってころころ変わるもんッスよね！　でも向いてるのは剣士なんでしょ？　勿体《もったい》ないなぁ」

あ、あはは、と乾いた笑みを浮かべた新人に、追い打ちがかけられる。

「いやいや、元々素質あるのは魔法系だぞ？」

「土魔法で山作ったり、庭にテーブル作ったりしてるの見たぜ！　ありゃ並じゃねえよ」

「連れてる従魔は一軍にも匹敵する力を持ってるって聞いたことあるぞ！　ティガーグリズリーも一撃だとか！」

「それがこないだ召喚を一発で成功させて、シールド張れる技能を持った召喚獣を喚んだらしいぞ！　これ昨日メイドから聞いた最新情報な！」

「「「……えええええっ⁉」」」

魔法使いで従魔術士で召喚士、それでもって一級の剣士。一体何が真実なのか。ますます深まる謎に、新人たちは考えることを放棄した。ひとまず、主君に選ぶには間違いのないところに来たということだ。果たしてロクサレン家が兵士を必要としているかどうかは別として。

＊＊＊＊＊

「ユータ、お前、なかなかやるようになったじゃないか。どうせ一太刀も当たらんだろうとは思っていたが、木製の短剣じゃ、ダメージを与えるのにもっと苦労すると思ったがなぁ」

わはは、と笑いながらも視線は真面目に書類を追っている。カロルス様は試合終了と同時に執務室に連行され、執事さん監視の下、滞《とどこ》っている執務をこなしていた。

「攻撃には困ったよ！　オレ力ないし、武器も軽くて打撃にならないし」

「そうだろうよ、そもそも回避は一級品だが、お前の体術のレベルがここまでとは思っていなかったぞ。マリーたちも熱心に教えてたんだな！　お前相手に攻撃できんだろうに」

「カロルス様、別に攻撃をしなくてもオレへの指導はできるよ？」

むしろ生徒に向かって攻撃する必要はなくない？　そんなことするのカロルス様だけだから！　マリーさんやエリーシャ様はとても丁寧に指導してくれるし、いちいち褒めてくれるので、モチベーションはとっても上がる。ちょっと大げさに褒めすぎて照れくさいけどね。

「そうか？　自分で攻撃を受ける方が、相手の避け方や受け方も予想できていいだろ？　緊張感あるしな！」

当たると痛いからね！　そりゃあ緊張感増すよ！　ついでに不満も増すよ!!

「あっ！　そうだ、カロルス様ひどいよ！　オレだけ連戦で3対1なんて！」

「はっは！　いいだろう、勝てるんだから。1対1じゃ新兵に負けたりしねえだろ！　これも多人数だと難しいって経験をだな……」

「え～、カロルス様が試合を見たかっただけでしょう」

「ま、まあ……そういうメリットもあるな」

書類に集中するフリで誤魔化そうとしているのが見え見えだ。じーっと机の端から見つめる視線に根負けして、カロルス様はついに顔を上げた。

「……なんだ？」

「あのね、オレ頑張ったでしょ？」

「お、おう」

「だから……」

◆◇◆◇◆

「わあー！　広いね！　速ーい！」

「おう、田舎だから何もないだろ！」

朝の透き通った空気の中、ドドッドドッと馬が駆ける。しっかりと鋼《はがね》の腕に抱えてもらって落ちる心配もないし、上等のクッションも持ってきたから、完璧だ。

「ふむ、ちょっと大きくなったか。前は頭がもっと下にあったと思うけどな」

「ちょっとじゃないよ！　だいぶ大きくなったよ！」

さすが子どもと言うべきか、こんなに短期間で背が伸びるもんだと嬉しく思ってたのに！

そりゃあ、カロルス様から見たら些細《ささい》な変化かもしれないけども。それにここの人たちはみんな大きいよ……昨日久々に会ったら、村の子たちが大きくなっていてビックリした。子どもの成長は早いなぁ。トトが……かわいいトトがあんな大きくなっているなんて……。

「それで？　どこに行きたいんだ？」

少し遠い目をしていたら、背中を通して、低い声が心地よく響いた。

「うーんと、どこでも！　オレ、何があるか知らないもん」

「何がってなぁ……何もないぞ。とりあえず端まで行くか！」

今日は特別。昨日カロルス様にお願いして、オレは試合に勝ったご褒美《ほうび》をもらったんだ。

「お前はやっぱり変わってるな、こんな草と木しかないところを見て回りたいなんて」

「そう？　見たことないところに行くのはとっても楽しいよ！」

「草も木も見たことあるだろうが」

草と木って……オレはがっくりと脱力した。このあたりは植物がとても豊富なので、場所によってこんなにも様々な表情があるのに。

　オレがご褒美に望んだのは、馬での遠出！　特に、街道がない北東方面には行ったことがなかったから。馬車で街道を行き来するのではなくて、冒険者みたいに自由に草原をうろついて回りたかったんだ。カロルス様にとってみれば近所の野原かもしれないけど、オレにとってはファンタジー世界の未知なる領域への冒険だ！

「このあたりにダンジョンはないの？」

「村の近くに、ダンジョンがあってたまるかよ！」

「どうして？」

「どうしてってお前、魔物の巣だぞ？　わざわざ魔物の巣の近くに住もうって酔狂《すいきょう》なヤツは……いないことはなかったな。ダンジョンが多い地方は物が売れるからな、商人が集まって街になっちまったところがあるぞ」

「そうなんだ！　行ってみたいな」

「お前が冒険者になったら、いつか行くんじゃねえか？　リスクは高いが、なんせ稼《かせ》ぎやすいからな、商人と冒険者ばっかりの街だ」

　また行きたいところが増えてしまった。でも、馬車や馬以外の移動手段がないよね。行きたいところはたくさんあるのに、この世界では他の場所に行くって簡単じゃない。

――ラピスたちが先に偵察《ていさつ》に行って、フェアリーサークルで移動すればいいの。

確かに！　フェアリーサークルならあちこち行けるし、転移を覚えたら問題解決かも。でも、一瞬で移動してしまうと、なんていうか風情《ふぜい》がないよね。いずれにせよ転移の習得を急ぐ必要があるのは変わらないけど、旅を味わいながら移動するのも、目的のひとつだよね。

「――あ、カロルス様、魔物！」

もう無意識に発動しているレーダーは、街にいるばかりだったから、久々の反応だ。

「どこだ？　お前、やってみるか？」

「えっ？　いいの？」

「お前も強くなったから、そうそう危ない目には遭わんだろう。むしろ今後は戦闘の経験を積んだ方がいい。危なくなっても俺がいる」

そう言ってオレを抱えて馬を下りると、少し離れた位置で見守ってくれるようだ。１人での魔物との戦闘は初めてかもしれない。ラピスには、オレが戦いたいともう一度念を押して、気合いを入れた。レーダーに反応があったのは３匹。虫っぽいかな？

「来たよ！」

「げ、アーミーアント。３匹か……全部いけるか？」

「うん、たぶん大丈夫！」

カロルス様が少し心配そうだけど、ただの大きなアリだ。実地訓練で見たやつとはちょっと種類が違うようで、少し角張っていて動きが速い気がする。ただ兵士3人よりは戦いやすいし、魔法を使っていいなら、敵の数はあまり関係なくなる。

ここは学校で習った魔法を披露するべきだろう。アリにはどんな魔法が効くのかな？

「ファイア！　サンダー！　ロック！」

どれが効くのかお試しに、とりあえずそれぞれに1種類ずつぶつけてみた。ごうっと火柱が上がり、ズドンと稲妻《いなずま》が走り、ドゴンと巨大な石が出現した。魔法っていつ見てもすごい。魔法のようだ、って、まさにこういうことだよね。ウォータとウインドはアリに効きそうな気がしなかったので、今回は使わなかった。

「なんだ、どれも一緒だね」

結果、どれも「こうかばつぐん」だったみたいだ。消し炭になった2体と、石の下で潰《つぶ》れた1体。素材は絶望的だ。どうやって倒すのが正解だったんだろう。

「……滅茶苦茶だな。アーミーアントは大して強くないしランクは低いが、装甲殻《そうこうかく》が硬くて魔法も剣も通りにくい、初心者殺しなんだぞ？　一度に遭遇する数が多いってのもあるけどよ。お前はどの魔法も高威力か。苦手な属性はないのか？」

「うーん、得意な属性はあるけど苦手っていうのはあんまり分からない。練習してないやつが苦手だと思うよ？」

「そういうもんじゃねえと思うが。まあ今はいい。お前、索敵《さくてき》の範囲広げられたな？　もう少し広範囲を見てくれるか？」

ちょっと真剣な面持ちに、首を傾げつつレーダーの範囲を広げた。

「あれ……？　カロルス様、なんか向こうにいっぱいアリがいるかもしれない」

「やっぱりかー。こいつらは主に巣を作って群れで生活するからな。村の方には来てないから巣の位置は遠いんだろうが、増えたら困る」

「調査しに行こうよ！　オレがいたら巣の場所が分かるよ！」

「まあそうなんだが。……お前を連れていくと俺が怒られるだろ？」

魔物は怖くないけど、カロルス様も怒られるのは怖いんだね。

「今日はオレのご褒美なんだからいいの！」

「そ、そうか？　お前ももうすぐ冒険者登録するもんな！　これもいい経験、だよな？」

「そうそう！　いい経験!!　ちゃんと大人の人がいる時に経験できる方がいいよ！」

適当にカロルス様を言いくるめ、アリの多い方、多い方へと誘導していった。ちなみにこのアリは硬い装甲殻が素材になるので、首を落とすのが一番スマートな倒し方だそうだ。

「偵察だけなの？　倒してしまわないの？」

「それがな、全部オレがやってしまうとよくねえって言われんだよ。これも金が動くことだから、ちゃんと仕事として他へ回せって。そりゃ危険が迫ってるような時は別だがよ」

「あ、そっか！　冒険者さんたちのお仕事をとっちゃダメだもんね」

経済を回すのも治める者の義務か。貴族って大変なんだな。

「なんで幼児が分かったような顔してんだよ……」

俺は未だによく分かんねえのによ、なんて、カロルス様は少し憮然《ぶぜん》とした顔で呟いていた。


「やあっ！」

『さすが俺様！　虫の装甲なんて柔い柔い！』

首を落とすのは魔法より物理攻撃だろうけど、果たして短剣で硬いアリを倒せるのか？　と、許可を得て戦ってみた。魂の重さに差はないと言うものの、申し訳ないけど、やっぱり動物っぽい魔物よりも虫っぽい魔物の方が攻撃の際に躊躇《ためら》いが少ないな。手持ちのナイフだと、回転を加えて関節部ならなんとか、チュー助ならどこでもスッパリ切れる。やっぱりランドンさんが使っていたというのは伊達《だて》じゃないみたいだ。

アリが増えてくると、オレたちはともかく馬が危ないので、目に入る範囲でウロウロしているものは積極的に倒していった。魔法なら馬に乗ったまま使えるから便利だ。その代わり素材が手に入らないけど、巣があればどうせ値崩れするぐらい出回るそうだ。

「お前、便利だな！　お前とパーティ組むヤツが羨《うらや》ましいぜ！　グレイもマリーも便利なヤツらだけどよ、なんせ口うるさいからなぁ」

うーん、オレだってカロルス様のパーティに入ったら、口うるさくなりそうだよ。もう少し戦闘以外も頑張れって。

「あ、カロルス様！　あそこ！」

「ああ、あれが巣だな」

それは、オレが考えていたアリの巣とちょっと違った。どうやら地中タイプじゃなくて、蟻《あり》塚《づか》タイプだったみたいだ。見渡す限りの草原の中、アリの作り出した巨大な土色の建造物は、まるで風化した古代遺跡のようだった。

「すごい！　これ全部アリが作ったの？」

「おう、そういう時もあるが、これはどうだろうな」

このアリは一から蟻塚を作り出すことも多いけど、遺跡や廃墟を利用することもちょくちょくあるそうだ。

「これって、アリが巣にいるうちに、ドーンと何かで吹き飛ばしちゃったらいいの？」

「どーんと吹き飛ばせるようなものがあれば、それもいいが、巣は地下にも続いているぞ」

そうなのか……。じゃあアリもすごい数がいそうだね。ここは魔法使いとか魔法の道具で一掃するのかな？　さすがに剣でちまちまはちょっと大変そうだ。

「あまりに数が多いと、冒険者の被害が多くなるからな……。少しだけ減らしていくか？」

「どうやって？　攻撃したらアリ全部出てこない？」

「出てくるな。飛ぶやつも出てくるはずだ。お前、ちょっとアリの出入り口塞げるか？」

「塞いだらアリ死んじゃわないの？　そのうち掘って出てくるかな」

「いやいや、その程度で死んだら苦労しねえぞ？　ただ、冒険者が来た時に塞いだ痕跡《こんせき》がバレると困るな」

痕跡が残らないように塞ぐってどうするの!?　任せた！　とイイ笑顔で丸投げするカロルス様をじとっと見つめながら、頭を悩ませた。

ん～これならどうだろ？　尋ねるより先に、とりあえず発動してみた。

「お、氷か！　いいじゃねえの。言ってみるもんだな、これなら溶けるしバレねえわ。お前、そっちのひとつ潰していいぞ！」

そんな、分けてあげるよ、みたいなノリで……。蟻塚はでっかい塔みたいなのが全部で6つ、カロルス様は2つ減らして帰るつもりのようだ。

蟻塚から少し離れたところに立ったカロルス様が、ぐっと顔を引き締めて集中していく。その姿は、ぎりぎりと引き絞った弓のような緊張感と迫力を醸《かも》し出していた。やっぱりすごいな……魔法を使えないのに、魔素をあんなに集められるなんて。オレの目にはカロルス様の構える剣が5倍ほどに大きく、さらに眩《まばゆ》く輝いて見えた。

「おらぁ‼」

まさに弓から矢が放たれるように、神速の剣は飛翔《ひしょう》する斬撃《ざんげき》を生んで、巨大な建造物を真っ二つにした。と、同時にごうっ！　と巻き起こった風が逆巻いて、みるみる竜巻となった。

ガガガガッ‼

——斬撃の竜巻⁉　普通の竜巻では、あんな風に飲み込まれたものが粉々にはならないだろう。大きな塔は、哀れな居住者と共に、あっという間に瓦解《がかい》し空の彼方へ飛んでいった。

「ふーっ、久々にやると堪《こた》えるが、スッキリするな！」

「すごい！　カロルス様、あれ何⁉」

「飛ばす斬撃を発展させたら、ああなったぞ。何がどうなってるのかは知らん！」

くっ、腹が立つほどの感覚派！　カロルス様に説明を求めても無駄だな。さて、オレもひとつ任されたけど、どうしようかな？　アリといえども、できることなら無駄に苦しめたくはないし、あまり派手な魔法だと他の塔も崩れちゃう。やってみたことはないけど、相手が巣の中のアリならできるかもしれない。オレはぺたりと地面に手をつくと、イメージを固めた。塔の下から順番に――行くよっ！

「……？　お前、何かしたな？　何をしたんだ？」

カロルス様、野生の勘？　とてもとても静かな魔法なのに、なんで分かったんだろ。

サラ……サラサラサラ………

「なっ――!?」

オレたちの見つめる前で、まるで無音映画のように、静かに、さらさらと塔が崩れ落ちていった。あまりにも静かなその様は、どこか神秘的にも、不気味にも見えた。

やがてその場には、ただ風で流れる大きな砂の山だけが残された。

「な、何が？　中のアリは？　アリはどこに行ったんだ？　お前、何したんだ？」

「アリも、塔の崩落の衝撃で粉々になってると思うよ。えーと、瞬間的に強く凍《こお》らせたんだよ」

「凍らせ……？　だが凍れば固くなるだろう？」

「そう、だから瞬間的に凍らせたの」

オレは足下の花を手にとって、瞬間冷却すると、手を離した。地面にぶつかった花は、繊細《せんさい》なガラスのように粉々に砕けてしまった。液体窒素《ちっそ》を使った実験なんかで、よくあるよね。

顔を上げると、カロルス様はまだ呆然と散り散りになった花を見つめていた。そっか、そうだよね……見たことのない現象だもの、不気味に思うよね。

「あの、カロルス様、大丈夫。人に使ったりはできないから。せいぜい虫くらいだと思う。心配、しないで？」

魔法の効果は、相手の抵抗力によっても結果が違ってくる。無機物に使うのと有機物に使うのでは段違いだ。そして体内に魔力のある構造の複雑な生き物や、魔力の高い生き物は、それだけ魔法への抵抗力も高くなる。だから、人みたいに複雑で抵抗力の高い生き物には使えない方法だ。普通に凍らせることはできるけど。

オレは少し微笑んで俯いた。緩やかな風が、砕けた花を散らしていく。カロルス様の前で使わなければよかった……怖がらせてしまったろうか。

「ぅわっ⁉」

ぐいんっと上がった視界に、平衡感覚が狂ってくらくらする。突然オレを持ち上げたカロルス様は、ぎゅうっとオレを抱きしめた。

「お前、なんつう顔してんだ。ばぁか、そんなこと心配するかよ！」

ぐりぐり、と乱暴に頭を撫でつけると、きょとんとしたオレを馬に乗せ、両のほっぺをむにっと摘まんだ。オレ、どんな顔してたの⁉

「あのな、俺はお前が何しても、怖がったりしねえし離れたりもしねえよ。お前ってヤツを知ってるからな。……すぐに余計なことを考えるヤツだってこともな！」

にやっと口の端を上げたカロルス様は、ひょいと馬に乗って片手で俺を抱え込んだ。ぐっと喉の詰まったオレは、大きな体にしがみついた。いつも温かい、大きな大きな体。どうしてカロルス様はあんなにニブチンなのに、こんな些細なことには気付いてしまうんだ。

落ち着いて。もう赤ちゃんじゃないから、泣かないんだ。大きく息を吸って、吐いて――。

オレは、馬が揺れるたび、硬い腹筋にぶつかるおでこに意識を集中して、必死に気を逸《そ》らした。

「ほら、もういいのか？　草も花もいっぱいあるぞ」

ややあって、そのからかうような声音に顔を上げると、ざああっと吹いた風がいい香りを運んできた。思わず体の向きを変えて見回すと、鮮やかな色彩が目に飛び込んでくる。

「うわあ～！　ここ何!?　すごーい！」

カッポカッポとゆっくりと歩く馬の、その周囲には一面の花畑が広がっていた。

「どうだ？　お前が好きそうな場所だろ。……落ちるぞ」

こくこく頷いて身を乗り出すオレを、片手で抱え直してそっと下ろしてくれた。

「さて、ここで飯でも食おうか」

「えっ……急いで帰らなくていいの？」

「おう、今日はお前の褒美だろう？」

「で、でも……」

「村の周りでアーミーアントなんて見かけなかったろ？　あのアリは縄張りがあるから、急に遠くまで行かねえよ。村にはあいつらもいるから、心配ないしな」

ああ、そっか。カロルス様以外の戦力がみんな村にいるもの。アリがどんなにたくさん来たって平気だ。ようやく表情を和《やわ》らげたオレに、カロルス様もニッと笑った。

「……こんなに広い場所で、わざわざ俺の上に座ることないだろうに」

「……いいの。背中があったかいから！」

どこまでも広い場所、2人しかいない場所で、カロルス様のあぐらの上に座るオレ。いいの、ここがいいんだから。オレは、空気まで明るい色になった景色に、ほうっと息を吐いた。

「そうだ、カロルス様、さっき、ね……あの時、どうしてじっと黙ってたの？」

「あの時？　ああ、花を凍らせた時か？　悪かったよ、誤解させたな。言ってもいいが……お前、笑うだろう」

「わ、笑う⁇　どうして？　笑わないよ！」

あのシーンのどこに笑う要素があったんだろうか？　一体何を思ってじっと押し黙っていたのか――。オレは、何を言われても受け止めようと、真剣な顔でカロルス様を見つめた。

「あー……まあ、その、あれだ。あんな風に粉にしてスープにでも入れちまえば、野菜も食いやすいんじゃねえかと思って――」

「……」

「………」

見つめ合う黒とブルーの瞳の間を、ひらひらと蝶々が舞った。

「――んぅっ⁉　ぶっ……ぶふふうっ‼」

あ、あはははは‼　お花畑には、堪《こら》え切れなくなったオレの大爆笑が響き渡ったのだった。

◆◇◆◇◆

「ねえ、オレが明日帰ったら、領地の生命の魔素はまた減っていくの？　でもそうしたら、せっかく療養《りょうよう》に来た人たちに影響があるんじゃないの？」

『当然だな。勝手に来たヤツらがどうなろうと、関係ないだろうが』

ふさふさしたしっぽが、機嫌よさげに揺れている。久々のブラッシングに、ルーはとてもご機嫌だ。いつもより返答の言葉が長い気がする。

お花畑から帰って、夕食後の短い時間にルーに会いに来たんだ。なんだか過密スケジュールのお休みだった気がしなくもない。

「でもさ、変な噂が広まったのはオレのせいだし。オレがいなくても、生命の魔素が自然と多い状態にできたらいいのにな」

『お前が……毎日帰ってくれれば、そうそう減りはしねーよ』

「毎日はちょっと無理だよ～、なんかおうちが恋しい子みたいで、恥ずかしいじゃない」

『じゃあ人を消して、森でも作ればいいじゃねーか』

ルーの適当な返事に憤慨《ふんがい》しつつ、オレもいいアイディアは思いつかない。

『生命魔素発生装置、みたいなのはないのかしら？』

「マイナスイオン・ドライヤーとかあるもんね、そういう魔道具ってないのかな？」

『魔法を発動するための魔道具が、魔力を放出するわけないだろうが』

「そっか……でも魔道具って魔石で動くんだから――あれ？　魔石は⁉　魔石があればなんとかならない⁉」

『生命魔法の魔石？　それを置けば確かに魔素は集まりそうだし、漏れ出る分もありそうね！』

「大きな魔石があれば、オレの代わりになるよね、きっと！」

膝を打って立ち上がったオレに、ルーが鼻を鳴らした。

『フン、生命魔法の魔石なんざ、超のつく貴重品だ。そんなもんあると知られれば戦争だな』

そ、そうなのか……確かに聖域やそれに近い場所にしかなさそうな魔石だもんね。生命魔法っていうのはイメージとして「聖」に限りなく近いので、少なくとも魔物から産出されることはないだろう。

うーん、こっそり埋めておくしかないかなぁ。でも開発とかで掘り返されたりしたら……。深く埋めたら効果があるかどうか分からないし。いいアイディアだと思ったんだけど、八方塞がりだなぁ。オレはううむと唸って、ふかふかした漆黒の被毛に顔を埋めた。

『お前、生命魔法の魔石がある前提で話してるが——まさか！』

「作ったらいいかなって。オレの得意分野でしょ？　ここなら魔素は豊富だし、オレの魔力からも抽出《ちゅうしゅつ》できるし、簡単そうじゃない？」

『簡単なわけねー！　バカが！　絶対に漏らすなよ、それだけは人に言うな！』

言わないよ！　魔石が作れたら、金の卵を産むニワトリ状態だもんね。それにしても「それだけは人に言わない」ことがもう結構あって、分からなくなりそうだ。

「簡単じゃないのかな？　確かに生命魔法の魔石は作ったことないし、カケラもないから、イチから作らないといけないもんね。使えるかどうか分からないけど、試してみようか」

作れなかったらそもそも計画倒れだし、作れても使わなかったら、この湖に捨てていけばいいや。ここならルーがいるから安全だもんね！

ルーに背中を預けて座ると、目を閉じて集中する。気持ちいいな……魔素に意識を集めると、本当にここは生命の魔素で溢れていて心地がいい。ここの魔素を減らしたくないから、できるだけ自前の魔力を使って、足りない分だけ補《おぎな》わせてもらおう。オレは、祈りの姿勢のように両手を合わせ、その中心に魔素と魔力を凝《こご》らせていく。

『わあ……ゆうた、きれいね』

『主、すげー！』

「きゅっ！」

「ピピッ！」

みんなが嬉しそうにはしゃいでいるのが分かる。生命の魔素が集まると、それだけ聖域に近く、魔物でなければとても心地のいい空間だ。

額の汗が玉になる頃、やがて手のひらに生まれた、ごく小さな固い感触。よし！　種石ができれば簡単だ。種石に魔力を巻きつけるように、少しずつ少しずつ成長させていく。

でも、どのくらい必要？　あまり大きくて何か悪影響があっても困るし、影響がなさすぎても意味がない。どんどん魔力を吸われて、ぽたりと汗が滴《したた》った。ビー玉サイズからゴルフボールサイズへ、さらにテニスボールサイズとなったところで、湿ったものがオレの頬を突いた。

『そこまでだ。意識を保て、集めた魔力が暴走するぞ』

ハッと目を開けると、心配そうにオレを見つめる小さな瞳が4対。

「大丈夫、大丈夫だよ。ルー、ありがと。オレ、もうろうとしてた？」

『てめーの魔力の底ぐらい把握してろ。危なくてかなわん』

フン、とそっぽを向く金の瞳。背中を通して、ルーが全身の力を抜いたのが分かった。

「うん、助かったよ」

にこっとすると、ぎゅうっとふかふかの首筋にしがみついた。

『主ぃ、それが魔石？』

『きれいね、宝石みたい！』

気怠《けだる》い体を起こして、周囲の魔素を補うことでなんとか人心地《ひとごこち》つくと、生成したものを眺《なが》めた。テニスボール大の透明な魔石は、角度によって七色に輝いて見える。

「ふう、魔石はできたけど、さてどうしようかなぁ」

「きゅうっ！」

あ、もうそんな時間？　アリス――ラピス・ネットワークを通じて、カロルス様からそろそろ帰ってきなさい指令が来たようだ。

「じゃあね、ルー！　また来るね」

『おいっ⁉　待て待て！　さりげなく置いていこうとするな！　持って帰れ！』

帰り際、ぽいっと草むらに魔石を放り投げたら怒られた。自然な動作だったはずなのに。仕方ない、収納に入れておこう。使い道がなければ、そのうちこっそりこの湖に沈めようか。

「おかえり、お前と遊べなかったとセデスたちが拗《す》ねてるぞ？　なんとかしてくれ」

直接執務室へ戻ると、カロルス様に懇願《こんがん》された。そんなこと言われても……また今度遊ぼうね、ではダメそうだ。仕方ないと、オレは真っ直ぐ厨房《ちゅうぼう》へと向かった。

◆◇◆◇◆

「まあ～！　美味しいっ！　こんな美味しいものを開発してたの？」

「しゃりしゃりする！　もっと暑くなってきたら、これ最高じゃない!?」

ご機嫌を直してもらうには、やっぱり美味しいものを添えて、だね。今回はカロルス様との共同開発、お野菜入りスムージー！　普通に凍らせた果物をベースに、瞬間冷凍して粉砕した野菜も入れて、ミキサー（ラピス）にかければほら簡単！　これならカロルス様も美味しく簡単にお野菜をとることができるよ！

ご機嫌になった2人におやすみのハグをもらって部屋に戻ると、ベッドの上で天井を見つめた。しょっちゅう帰ってきている気がしていたけど、こうして過ごすと、お休みだなって気がする。まとめて帰る時間ってやっぱり必要だね。

明日は学校に戻らないといけないけど、道中はエリーシャ様も一緒なんだ。アリの件で直接ハイカリクのギルドに行って、退治を依頼してくるらしい。

アリがいるのは北東の平原で、その向こうは海だし、街道も何もない場所なので普通、人は立ち寄らない。縄張りが拡大するまでは特に慌てる必要もないそうだ。

昼間の蟻塚を思い出し、ふとあれが万が一遺跡を元にしたものだったら、オレとカロルス様が跡形もなく破壊したの、マズかったんじゃないだろうかと思った。

――あれは遺跡じゃなかったの。

どうやら蟻塚が珍しかったらしいラピスは、こっそり中まで見てきたようだ。残念、遺跡だったら、ちょっと夢があるなと――そこまで考えて、ガバッと身を起こした。

「そうだ！　ねえ、ラピス、ちょっと蟻塚のところまで連れてってくれる？」

『急にどうしたのよ？』

「いいアイディアがあるんだ！」

オレは不審げなモモに、満面の笑みを向けたのだった。

3章　パーティの名前

「いってきまーす！　また帰ってくるね！」

みんなに見送られながら、今回はロクサレン家の馬車に乗った。エリーシャ様はオレを抱っこしたがったけど、タクトがいるから嫌だよ！　お隣に座ることでガマンしてね。

タクトも休みを満喫《まんきつ》したらしく、オレたちは何をして過ごしたか、お互い情報交換した。タクトは最初こそ貴族の馬車に居心地悪そうにしていたけど、今はすっかり寛《くつろ》いでいる。乗合馬車ではないので、途中の休憩を挟みつつ、今日は一直線にハイカリクへ向かうんだ。

「貴族の馬車って速いんだな！　飛ばせ飛ばせー！」

ひゃっほう！　と身を乗り出すタクトを引っ張りつつ、ふとエリーシャ様に尋ねた。

「そういえばアリの退治ってどうやってするの？　何か吹っ飛ばす魔道具とかあるの？」

「ないこともないけど、素材が勿体ないから、冒険者たちはやりたがらないと思うわ。人海戦術でちまちま倒していくのよ。今回はアリだけだから、慣れた冒険者には簡単な殲滅戦《せんめつせん》なの、応募者も多いでしょうし、大丈夫だと思うわよ」

「え～、あれ全部1匹ずつ倒していくの!?　大変だよ？」

「付近に拠点を築いて、3日もあればなんとかなるんじゃないかしら？　長くても5日ね！」

「1日でするわけじゃないんだ⁉」

「当たり前じゃん！　ユータってホントそういうとこポンコツだよな！　魔物の巣を潰すのは、普通数日がかかりだろ」

「で、でもゴブリンの時は1日だったような……」

「うふふ、あれは被害が出るから早急に事を進めなきゃいけなくてね、Aランクの魔法使いが頑張ったのよ。行ったのは主にウチの兵だったたし、優秀なのよ？」

　エリーシャ様がぱちんとウインクしてみせた。そっか、さすが執事さん。

「早急な殲滅戦には大魔法使いがいなきゃ話にならないんだぞ！　だからユータ、俺らがパーティ組んだらお前の魔法、頼りにしてるぜ！　ど派手なやつ覚えてくれよな！　殲滅の魔法使い、とか二つ名がつくようなやつ！　そうだ、なあ、俺たちのパーティ名どうする？　カッコイイやつにしようぜ！」

　ごく自然にオレを入れて考えてくれるタクトに、笑顔が零《こぼ》れた。わくわくしてくるね！　オレたちだけの冒険だよ！

「じゃあ、わくわく冒険団とか！」

「却っっっ下‼」

力いっぱい否定されて、うっと詰まった。

「お前っ、カッコイイ名前だっつってるだろ！　真面目に考えろ！」

「考えてるよ！　じゃあどんなのがカッコイイの？」

「有名なとこだと『疾風《しっぷう》の槍《やり》』とか『白銀の魂』とか！　意味は知らねえけど『ドラゴンスクリュー』とか『エンジェルホーン』とかもカッコイイだろ!?」

えーそうかなぁ。もっとはっきり意味の分かる言葉の方がよくない？　難しそうな言葉を使うとウケがいいんだろうか。

「彷徨《さまよ》える魂、とか？」

「ダメじゃん！　方向性は合ってきたけど！」

うーん、ニースたちは確か『草原の牙』で、レンジさんは『放浪の木』だったよね。分かった、『○○の○』っていう法則に入れたらいいんだ！

「分かった！　『街の壁』！」

「ま・じ・め・に考えろ！」

ぐいんと両ほっぺを引き延ばされて悲鳴を上げた。真面目に考えてるんですけど!?　街の人たちを守る壁になるって意味だよ？　カッコイイじゃないか！

「お前はダメだな。ラキと相談しよう」

むくれてほっぺを擦《さす》るオレを横目に、ため息を吐くタクト。

「じゃあタクトだって考えてよ！　カッコイイやつ！」

「そうだな、『ドラゴンキラーの英雄』とかどうよ？」

「できないこと言っちゃダメでしょ！　自分で英雄とか言うのやだよ！」

こいつはダメだ。オレたちはお互いにやれやれと首をすくめた。

「ねえ、カロルス様はなんてパーティだったの？」

「そうねえ、あの人たちはAランクで活躍したから、王様から賜《たまわ》った名前があるのよ。『竜を越えし者』っていうやつよ。あの人は嫌がって嫌がって、可笑しいったら」

オレたちのやりとりを楽しそうに見守っていたエリーシャ様は、ころころと上品に笑った。

「すっげ！　カッコイイー!!　カロルス様、なんで嫌がったの……ですの？」

タクト、敬語間違ってる。どうやらエリちゃんに習ったようだ。

「ふふっ、あからさまで嫌らしいわ。もっと分かりにくくて、目立たないのがいいんだって。元は確か、『大樹《たいじゅ》の影』だったかしら？　地味な方がカッコイイと思うみたいよ？」

いいじゃないか、大樹の影。どんなものにも等しく、休む場所を作り出せる大樹の影、いかにも懐の広いカロルス様らしいと思った。

結局、何ひとついい案が出ないままに、オレたちはハイカリクの街へ到着した。

「ユータちゃん、寂しいわ。またすぐに戻ってきてね？」

さっきからエリーシャ様が、ひしっとオレを抱きしめて動かなくなってしまった。柔らかな優しい腕は、とても心地いいけど……でも、オレそろそろ恥ずかしいよ。大通りで子どもを抱きしめて動かない貴族。目立ってる、目立ってるよ！

「あらあら⁉　天使ちゃん！　エリーシャ様！」

低い声にピクリと反応したエリーシャ様が、神速でオレを背中へ隠した。同時に迫ってきた美人さんの顔をガシリと掴む。

「ちょっとエリーシャ様ぁ！　ご挨拶のハグぐらい、いいじゃないのぉ！」

ジョージさん……目をぎらぎらさせていなければ、美人さんなのに。

「な、なあ、あの声の低い女の人、誰？　なんか怖いんだけど」

「あれはサブギルドマスターだよ。ジョージさんっていうの」

怯えたタクトにこそっと耳打ちしておいた。大丈夫、変な人だけど怪しい人じゃないから。

「ああっ！　見知らぬ少年と天使ちゃんが！　でもそれはそれでいいわ！　グッドよ！」

顔を掴まれたまま、ぐっと親指を上げるジョージさん。

「あなたを視界に入れると子どもに悪影響があるの。さ、行きましょう」

「あ、ちょっと待って、天使ちゃんにワンハグ！　いえっ、せめてひと撫でさせてぇ！」

問答無用で首根っこを掴んでぶら下げられたジョージさん。エリーシャ様はスタスタと歩きながら、手を振った。

「……あれがサブギルドマスター？　ハイカリクの？　毎日あそこ行かなきゃいけねえの？」

どうやらタクトの薔薇《ばら》色冒険者生活に、早くも暗雲が立ち始めたようだ。

＊＊＊＊＊

「天使様の土地にアーミーアントだと!?　俺は行くぜ！」

「加護が得られるかもな……」

「そんな無粋《ぶすい》な考えのヤツは天使に嫌われるぜ！」

くだんの依頼には、辺境のアーミーアント討伐にあるまじき人数が殺到し、なんとボランティアで参加する者まで出る次第となった。

「すごいもんですなぁ、天使様の効果は」

「全く。彼らも、すがるものが欲しかったんでしょうね、命がけの日々ですから」

今回もアルプロイが指揮を執《と》り、念のためにグレイが引率としてついた。グレイは、この人数にこの士気の高さなら、大魔法に頼る必要はなさそうだと、天使の効果に舌を巻いていた。

「グレイさん、アルプロイさん、ちょっと来てくれますか？　冒険者が何やら興奮して……」

困惑した部下の様子に、２人が顔を見合わせる。今更、トラブルだろうか。

「天使だ！　ここは天使の遺跡だ！」

「俺たちは天使の聖地を魔物から奪い返したんだ!!」

ほぼほぼ殲滅を終えたアリの巣は、まるでお祭り会場のようだ。向かった先では、興奮した冒険者たちで異様な熱気が立ち込めていた。

「何を騒いでいる？」

「あっ、これです！　見て下さい！　天使様の伝説は本当にあったんだ！　俺たち、天使様の像を見つけたんだよ！」

人を掻き分けて進むと、果たしてそこには、土に半ば埋もれるようにして覗く彫像《ちょうぞう》があった。せっせと掘り出すのに任せ、ほどなく全身を現したそれは、無骨《ぶこつ》な手で、そっと、そっとあるべき姿に引き起こされた。布のようなものを纏い、目元まで隠された整った顔だち、その背には大きな翼。男にも女にも見える不思議なその姿が、見事な技術で表現されていた。

これが、天使……？　魔物の巣の中で、確かに感じる神聖な気配に、波が広がるように次々と冒険者が跪《ひざまず》いていく——。

2人は顔を見合わせて、頷き合った。

「――で、これがその天使の像だと？」

「はい、いかが致しましょう？　冒険者たちは、聖堂を建てて奉《たてまつ》るべきだと」

「……あの野郎」

「……で、ございますね？」

「絶対だ」

カロルスは頭を抱えた。

「なんて見事な彫像かしら。これは皆さんにも見ていただけるよう、美しく設置するべきよ！」

「母上は、僕の描いた絵もロビーに飾ってたよね……」

「あれも素晴らしい絵でしたわ！　今でもちゃんとメイド部屋にありますので、ではあちらも聖堂に――」

「絶ッ対にやめてね!?　そもそも捨てたはずなんだけど!?　今すぐ処分してくれる!?」

「うふふっ、セデス様ったらご冗談を」

無関係なセデスにまで及びそうな被害を横目に、カロルスはため息を吐いた。

「聖堂は作る方向になりそうだな」

「そうですね。確かにこれは美しい像ですから、見に来る者も増えるでしょう。領地にとってよいことではありますね。この像があれば、冒険者の荒くれも大人しいそうですし」

「しかし、なんでこんなものを？」

「そうですねぇ、世間の目を逸らすため……でしょうか？　ほのかな魔力も感じます。何か意味があるのかもしれませんね」

「ひとまず……アリス、あの野郎を呼び出してくれるか？」

＊＊＊＊＊

『あなたのいいアイディアは、碌《ろく》でもないことが多いのよねぇ』

「そんなことないよ！　この方法だったら、魔石を盗《と》っていかれたりしないし、不自然じゃないし、いいと思うんだ！」

『でも主ぃ、そんなのどうやって作んの？』

「適当に石を人っぽくすればいいんじゃない？　昔のものって設定だしさ！」

アリの巣にほど近い場所に小さな作業部屋を作ると、オレは収納から生命の魔石を取り出し、土魔法を使って周囲を石で覆っていった。石の塊ができたところで、ラキの加工を思い出しながら、思い描いた形に削り出していく。

「ほら、できたよ！」

『無理。全ッ然ダメね！　神秘的な天使の感じがしないわ！』

そうかなぁ？　結構うまくできたと思うけど。お地蔵様だってこんな風じゃない？

そう、オレの計画は、生命の魔石を入れた天使像を作って、あらかじめアリの巣に入れておくこと。すると討伐に来た冒険者たちが発見して、土地神様みたいに村のあたりに設置しておいてくれるかなって寸法だ。盗っていかれたら困るから、持ち帰れない大きさが必要だね。

ただ、完璧な計画なのに、まず天使像がアウトらしい。そんなこと言ったって、ラキに頼むわけにもいかないし――。

『――そこはもっと滑らかに！　そっちはもう少し削って、あと2㎝！　こっちは足して、はい、そこから削り出す！　もうちょいもうちょい――はいストップ！』

モモを肩に乗せて、音声操作ロボットのごとく操作されながら修正していく。うう、モモ細かいよ。眠いし目がショボショボするよ……もうこれで十分じゃない？

モモの厳しい鑑査のもと、修正に修正を重ねた天使像は、もう立派なギリシャ彫刻のようだ。ホームセンターで売っているレベルにはなったんじゃないだろうか。これ、むしろ悪目立ちしない？　持って帰れないだろうと思うけど、美術的価値が出て盗まれてしまいそうだよ。

『そんな罰当《ばちあ》たりなことはしないし、させないわ！　エリスが見ていてくれるもの！』

「きゅっ！」

興味深げに作業を眺めていた管狐部隊から、エリスが進み出た。どうやらエリスはこの彫像の出来と、纏う生命魔法がお気に召したらしく、自分の担当にしたいそうだ。それはいいけど、退屈じゃないの？　別にずっとついていなくてもいいからね？

さっそく天使像を運び込むついでに、遺跡の痕跡っぽい崩れた石畳《いしだたみ》だとか塀《へい》の一部だとかの小細工をしておいた。この作戦は我ながらすごくいいと思うんだ。これなら魔石が力を失ってきてもオレが定期的に補充できるし、ついでに遺跡から発見されたってことで、天使伝説は昔からあった証拠になる。これでオレへの疑いが消える！　ついでに天使像をオレとかけ離れた姿にしておけば――と思ったんだけど、モモの美的感覚に合わせたせいで、そこは大きく外せなかった。グラマラスな女性にしてもよかったと思うんだけど。

それでも、口元以外は隠れていて、オレよりずっと年上だから、同一視されることはないだろう。立派でカッコイイ天使さん、どうかみんなを守ってね。

「――お前、なんであんなの作ったんだ？」

「なななななんのこと……？」

「天使像に決まってるだろうが！」

「そそそそんなの知らないよ……？」

後日呼び出され、開口一番そう言われたオレは、滝のような汗を流した。ど、どうしてオレが作ったってバレたんだろう……。

「はー……ったく、別に害になるもんじゃなし、構わねえが。聖堂を建てて奉るってよ」

「えっ？　えええ!?　なんでそんな大がかりに!?」

「知らねえよ、冒険者たちはすっかり天使教の信者になっちまってるぞ」

「て、天使教!?」

いつの間に宗教になったの!?　なんのご利益もないと思うんですけど!?　どうしてこう思惑と外れて、物事が大きく大きくなっていくのだろうか。

ま、まあ、それはそれでいいか。もうオレとは関わりがなくなってくるし。

「心正しく、弱きを助けて命を慈《いつく》しむ天使だそうだぞ。いや～荒くれが減って助かるわ」

なんと……荒くれが減るってご利益があるなら、天使教も捨てたもんじゃない。それに、心正しく行動してたら、ご利益でなくとも、きっといいこともあるだろう。

「アーミーアント討伐に参加した冒険者、滅茶苦茶多かったからな……天使教、すげー広がってるぜ。お前、下手に行動すんなよ？」

「う、うん。でも、天使とオレとは結びつかないでしょ？」

「どうだかなぁ。お前がここに来た時期と、天使の噂が出だした時期が重なるからなぁ。もっと天使像をガチムチなやつにすればよかったじゃねえか。なんかあれ、お前っぽいぞ。お前がいるような雰囲気がするぞ」

カロルス様、さすが野性！　そりゃあオレの雰囲気がするだろうなぁ、オレの魔力だもの。

魔力が分からないはずなのに、感じ取っているなんて、さすがAランクは人外！

「だってモモが……それに逞《たくま》しいと、オレが大人になった時、似ちゃうかもしれないでしょ？」

カロルス様が、可哀想な子を見るような目でオレを見た。

「――まあいい。聖堂は村の外、北の街道近くに作るぞ？　よそ者があまり村内に大勢押しかけても面倒だからな」

「うん、それで大丈夫だと思うよ！」

どんな聖堂がいいかとか細かいことも聞かれたけど、オレは道ばたに置いておけばいいと思っていたぐらいだ。何でもいいから負担にならない方が嬉しい。ただ、ロクサレンはカニ事業に天使騒動で、とても潤っているそうだ。天使像も観光の目玉になりそうだということで、ささやかな小屋で、という案は却下されてしまいそうだ。

ひと通りの話を終え、そっと帰ってきてベッドに入ると、モモが少し呆《あき》れた声で尋ねた。

『ねえ、あなた、天使像は自分が作ったってこと、秘密にしておくんじゃなかったの？』

「そりゃあそう……ああっ⁉」

いつの間にかオレが作ったと確定して話が進んでいる⁉　作ったって言わなかったのに！

「そんな、まさかカロルス様が、そんな話術を持っていたなんて――」

『主ぃ、あれは主が単純すぎるってトコだぜ！　あ、いや、俺様褒めてんのよ？』

チュー助、それはどう頑張っても褒めてないよ……オレはがっくりと項垂れた。

◆◇◆◇◆

学校が始まると、さっそくタクトがオレたちの部屋にやってきた。どうやらパーティ名をラキにも考えてもらいたいらしい。まだ冒険者登録もしていないのに、随分と気の早いことだ。

「それで、２人の出した一番いい案はどれなの～？」

「『学校の友達』！」

「『ドラゴンの覇者』！」

ふう、とラキは疲れた顔で額に手を当てた。

「――それはさておき。これ、お土産《みやげ》だよ～！　ウチの近所のばあちゃんが作ったお団子！

美味しいんだ〜！」

「わあ！　ありがとう！　美味しそうだね！」

「はいどうぞ〜！　ねえ、ユータはお休み何してたの〜？」

「あーんっ！　――うん、美味しいよ！　ふんわり優しい味だね！　えっと、オレはね……」

「ユーータ！　騙されるな!!　そいつは今、さりげなく俺たちの話をスルーしたぞ！」

えっ？　と慌ててラキを見ると、スッと目を逸らした。な、なんと!?

「だって、もうどこから突っ込めばいいんだよ〜」

「ダメだってのかよ！　じゃあどんなのがいいんだよ！」

「まず、どんなパーティにしたいの？　みんなの目標とか信条とか、そんなのから考えると思うんだけど」

ほほう、なるほど。でもそうなると……。

「強くてカッコイイパーティだ！」

「楽しく冒険するパーティ！」

「面白い素材を、たくさん集めるパーティかな〜！」

だよね〜、そうなると思ったよ。ラキ先生、こういう場合はどうするんですか!?

「信条がひとつじゃないことは多いから、あとは武器とか得意なものとか〜、でも僕たちまだそんなの分からないし、あとは好きなものやパーティメンバーの特徴とか、かな？」

「じゃあ『学校の友達』でよくない？　ピッタリだよ」

「絶対嫌だからな！　カッコ悪いだろ！」

「んーでも僕たち子ども3人だから、そういう目のつけ方はいいかもね～。ただ、大人になっても使えるような、うっすらした子どもイメージの言葉を色々出すといいかも」

「卵、成長、未来、希望、ヒナ、芽、えーとえーと――」

「イメージ……？　小さい、命、輝く、展望、世界、照らす、光――」

ん？　タクト、それどっかで聞いたことあるような？

「タクト、それ、読んでるだけじゃない～！」

タクトが読んでいたのは、学校の訓示みたいなものの一部、『小さき命よ　輝く展望を抱き、学び舎から世界を照らす光となれ』ってやつだ。

「でもそれいいかもね、世界を照らす光、なんてカッコイイじゃない～！　ユータの言葉も使って～『未来の光』『希望の光』『光の芽』なんてのは～？」

「おっ、それっぽいじゃん。いいね！　でも未来の光はなんか学校っぽいな」

「じゃあ二択《にたく》だね～、せーので選んでみる？　いくよ～せーの！」

「「『希望の光！』」」

「おっ、決まったな。カッコイイと思うぜ！　街に迫るドラゴン、万事休す！　そこに現れたるは希望の光！　なんて演劇っぽくてさ！」

「うん、とりあえずはそれでいいんじゃない～？」

「分かりやすいしね！　でもパーティ名ってそんな適当に決めちゃっていいの？」

「だって有名なパーティじゃなければ大して意味を持たないし、登録に必要なだけだよ。名前決めてないパーティは、リーダーの名前で呼ばれるね」

「そうなんだ！　そっか、リーダーも決めないといけないんだね」

「リーダーは依頼主とやりとりしたり、代表の役目をするからな！　しっかりして落ち着きのあるヤツじゃないとな！」

「冷静で視野が広くて、どっしり構えた人がいいよね！」

うんうんと頷いていたラキが、じっと見つめる2つの視線に、ハッとのけ反った。

「えっ⁉　僕⁉　僕いやだよ～‼　リーダーに向いてないじゃない～！」

「俺は交渉なんてできないぞ！　落ち着きないし、依頼主とトラブりそうだ！」

タクト、ちゃんと自覚あったんだ……。

「オレなんてまだ4歳だし！」

「お前は年齢よりも何よりも、方々でトラブル起こしそうだからダメだ！」

「そんな、トラブル起こしそうな人しかいないパーティーのリーダーを、僕に……？」

「「ラキしかいない‼」」

満面の笑みで両側から肩を叩かれ、ラキはがっくりと項垂れた。

「まあまあ、ラキ元気出して！　きっと楽しいパーティになるよ。ほら、これラキにお土産！」

「うわ、どっから出したの〜？　すごい、本物の甲殻〜！　もらっていいの⁉」

「お前、これアーミーアントじゃねえ？　アリと戦ったってこれかよ。お前だけもう見習いじゃないよな！　いいなあ、俺も戦闘経験積みたいぜー！　明日、訓練小屋申請しよっかな」

「訓練小屋？　訓練場じゃなくて？」

「お前、知らねえの？　魔物と戦う訓練施設あるじゃん。申請しなきゃいけねえけどさ」

「えっ⁉　校内に魔物がいるの？」

「魔物っていっても従魔と召喚獣だよ〜？　従魔術士と召喚士は自分の魔物の訓練のために、他の生徒は魔物と戦う訓練のために、そういう施設があるよ〜？」

そうなんだ！　レーダーを広げると、確かに魔物と人が集まる場所はあるけど、あそこだろうか？　うさぎ小屋みたいなものかと思っていたけど、戦うための魔物がいるらしい。

行ってみたい！　というオレの言葉に、さっそく3人で施設に向かった。

「ユータはどっちで申請するの？」

ラキに言われて、ちょっと考える。オレは召喚士としてなら、モモを登録することになるのかな？　でも、モモって戦えるんだろうか？　ラピスたちを登録するわけにはいかないし。

『私も登録したいわ！　戦う練習だって必要だもの』

「でも、相手は魔物だと思ってるから、辛かったり痛い思いをするかもしれないよ？」

『ふふん！　そう簡単にいくもんですか！　チビちゃんたちに負けたりしないんだから！』

そうなの？　確かにモモはシールドを張れるから、痛い思いをする確率は低いけど、攻撃だってできないだろうに。

２人はスムーズに登録したけど、残ったのはやっぱりと言うべきか……モモとオレ。

「そうは言ってもね。君、随分小さいし、召喚士なんだろう？　強くなりたいって気持ちは分かるけど、無茶はダメだよ。スライムの方だって、弱いから可哀想じゃないかな？」

『失礼ね！　私が弱いですって？　ちょっと、あなた出てきなさい、相手になってあげるわ！』

受付のお兄さんの台詞に憤慨して、激しく跳ねて抗議するモモ。

「モモ、落ち着いて！　えーっと、このスライムは、ちょっと普通とは違うので大丈夫です。オレも、学校と別で訓練してもらってるから、結構戦えます！」

「そんなに言うなら、とりあえず登録の受付はして、枠をひとつだけにしておくよ。もし大丈夫と思えば、広げればいいから」

訓練施設では模擬戦ができるのだけど、いつでも相手がいるわけではないので、希望する相手の予約ボードに自分の札をかける仕組みのようだ。同様に対戦希望者がいれば、予約枠の範囲内で申し込みをされる。ずらりと並ぶボードを眺めれば、中には10ほどの札がかかっているボードもある。

「この従魔とか、人気あるんだね！」

「あー、怪我しなさそうで、レベル的にもちょうどいいんだろうな」

「君たちまだ1年生だろう、登録は拒否できないけど、もう少し訓練してからじゃなきゃ、魔物との戦闘は勧められないよ。いくら従魔や召喚獣って言っても、完全にコントロールできるわけじゃないし、魔物の方が力加減を間違うこともしばしばあるからね。慣れるまでは、それこそ君のスライムあたりが、対戦相手に一番いいんじゃないかな」

なるほど。モモはちゃんと自分で考えて加減できるけど、普通の魔物だったらそうはいかないだろう。1年生の魔物との戦闘に、モモってすごくいいのかもしれない。

「登録はできたけど、2人は対戦希望を出したの？」

「うーん、経験は積みたいけどさ、怪我して実地訓練に行けなくなったら困るんだよな！」

「僕は戦闘はゆっくりでいいかな～？　もう少し自信ついてからにするよ」

「ラキは魔法使いだからなあ！　チーム戦にならないと難しいよな」

「どうして？」

「あのな、普通の魔法使いってヤツは後衛《こうえい》なんだよ！　お前みたいに1人で前出て突っ込んで行くヤツはいねーんだよ！　後ろで守ってもらいながら呪文唱《とな》えるのが当たり前！」

「そ、そうなんだ。でも、それだと1人じゃ戦えないし、不意打ちされたら――そうか、シールドを常に張っていればいいのかな」

「そんな魔力の無駄使いしねえよ！　そもそもシールドだって誰もが使える魔法じゃねえの！」

「魔法使いはパーティの大切な飛び道具だからね～、切り札にもなるし、守りながら戦うんだよ～。1人で戦闘はしないかな～？　魔法を駆《かじ》ってる剣士、とかなら結構いるけど～」

そうなんだ、前衛《ぜんえい》は大変だね。攻撃と守りを両方するのって、結構難しいと思う。全く戦えないコックさんなんかがいると、前衛は苦労するだろうな。

『ゆうた、全く戦えない人は普通、冒険者パーティにいないわ』

……確かに。だからきっと、この世界ではコックさんもメイドさんも戦えるんだね。

「じゃあ俺、モモと戦おうかな？　モモはシールドがあるから、怪我させちゃうこともないよな？」

『うふふ、いくら柔らかボディでも、タクトに傷つけられるほど柔じゃないわ』

「それなら秘密基地でもよかったね。ねえ、今度秘密基地でオレとも訓練しようよ！」

「嫌だね！　お前としたって対人訓練にならねえし！」

どういうこと!?　むくれたオレに、ラキが言った。

「ユータはハンデつけて～、ここで訓練するのがいいんじゃない～？　強い上級生は物足りなくなるから、そうやって訓練してるよ。利き腕使わないとか～、得意魔法は封印するとか。ストイックな人は事前に依頼を受けて、疲れて帰ってからとか～」

へえ、それはなかなか実戦的でいい考えだ。武器を持ってない時や、魔力が残っていない時に襲われることだってあるもんね。

「とにかく、俺は一旦モモと戦うから、早く行こうぜ！」

「え？　オレも行くの？」

「当たり前だよ～召喚士なんでしょ？」

でもオレ、行って立ってるだけになるんだけど……召喚士ってそんなもんなのかな。

訓練施設は、予約ボードのある受付部分と、戦闘を行う設備があるのだけど、大小の室内闘技場から、庭のように土が剥《む》き出しの場所など様々だ。完全に屋外もあるようで、大型の魔物がいた場合は、そちらでの対応となるみたいだね。

「よし、行くぜ！　――はあっ！　とっ！」

オレたちがいるのは、小さな室内闘技場だ。どの設備も見学は自由にできるようになっているので、一番近いところでラキが観戦していた。

「ねえ、こんなところで魔法使ったら大変じゃないの？　それに従魔に当たったら怪我するよね？」

トコトコとラキの側《そば》まで行くと、一段高いところにいる彼に話しかけた。

「攻撃的な魔法を使う時は、従魔にも人にも専用の装備をつけるから、ある程度大丈夫なんだよ～。あんまり危険な魔法は禁止だしね。召喚獣は、可哀想だけど送還《そうかん》すればいいってね～」

「そうなんだ！　召喚獣は、回復薬も回復魔法も使わないの？」

「うん、それが従魔と召喚獣の違いだからね～。でも、僕たち自身も回復薬なんて使うことはほとんどないよ。回復魔法だってわざわざ受けに行ったりしないよ～お金かかるし～」

そうなのか！　でも確かにオレだって風邪ひいたくらいで病院行くのは勿体ないし、面倒だと思ってたから、そういうものかな？　魔法って便利だけど、一般市民からすると、そんなに恩恵のあるものではないのかもしれないね。

「す、スゲえ……どうなってんだ!?　変わった色だし、特殊な個体なのか!?」

「術者がいねえじゃん!?　どうなってんの？」

「いや、見ろよ！　あそこでくっちゃべってる、ちっこいヤツ！　あいつじゃね？」

「全然参加してねえじゃん!?」

なんだかざわざわしてきたと思ったら、妙に見物客が増えている。新入りの様子を見に来たってところだろうか？　振り返ったら、タクトがまだ頑張っていた。

「それにしても、モモすごいね～。ユータが召喚するとスライムもおかしくなっちゃうね～」

「ち、違うよ！　あれは元々モモの能力だもん！　オレ関係ないよ！」

とても1年生とは思えない、なかなか様になった動きを見せるタクト。このあたりはチュー助との特訓の成果だね！　でも、それ以上にモモはすごかった。シールドがあるので攻撃が当たらないとは思っていたけど、そもそもシールドに当てることすら難しい。

『たたたたんっ！　見てこの機敏《きびん》な動き！　わたしはまるで妖精のようね！』

うーん、残念ながら桃色のボールが弾《はず》んでるようにしか見えないけど、その動きは確かに機敏だ。モモはあちこちにシールドを張って、自身の弾力ボディを活《い》かし、まるでピンボール状態になっていた。狭いところで戦えば、無類の強さを誇るのではないだろうか。惜しむらくは直線的な動きしかできないことだけど、予測不能な位置に瞬間的にシールドを出現させられるので、突然直角に曲がったりするのは脅威《きょうい》だ。

『はいっ！　もういっちょ、はいっ！』

ただ、攻撃は加減しているため、柔らかボディアタックがメインだ。どこに当たっても大して痛くはないし、怪我のしようがない。たまにシールドにゴツン！　とおでこをぶつけるのが、一番痛い攻撃だろう。

「モモ、すごいね！」

「そうだね～。普通は召喚士の指示で動くものなんだけどね～？　だから召喚士は必死に戦闘中に指示を出すし、よそ見なんてできるわけないんだけどな～」

ラキの呆れた視線に、せめてフリでもしようと振り返ると、モモが楽しげに弾みながら戻ってきて、オレの胸に飛び込んだ。どうやらおしゃべりの間に戦闘終了したようだ。

「あーー疲れた！　なんだよ、モモめっちゃ強いじゃん！」

「モモ、タクト、お疲れ！　モモがあんな風に戦えるなんて知らなかったよ、すごいね！」

『そうでしょ！　わたし結構強いんだから！　今はね、シールドを空中に出す練習をしてるのよ。そうすればもっと自在に動けるでしょう？』

闘技場から出ると、オレの予約枠の前に人だかりができていた。どうやらみんなモモと戦ってみたいらしい。モモ、大人気だ。

『あらまあ、悪くない気分ね！』

「いい訓練になるけど、怪我はしないってすごく魅力だもん～。ねえユータ、モモなら1年生の相手もできるんじゃない～？」

『もちろんよ、怪我なんてさせないように鍛えてあげるわよ！　どんどん来なさい！』

ラキの台詞を聞いて、お姉さんに任せて！　と言わんばかりに胸（？）を張るモモ。それなら予約枠を広げておこうか？

「えっ？　いきなりそんなに広げるの？　スライムだって無茶させるもんじゃないよ？」

先ほどの戦闘を見ていなかった受付さんは、非常に心配していたけど、モモのGOサインが出ているので大丈夫だ。

「あのね、1年生を優先にってできるの？」

「予約枠に制限を設ければいいよ。ああ、それはいい案だね！　スライムにとっても1年生にとってもちょうどいい訓練だと思うよ。じゃあ1年生のみの枠にしておくよ！」

『あっ、それじゃダメ！　私だって強い人とも訓練したいもの』

「あの、この子は強い人とも戦いたいみたいで。1枠……え、2枠？　じゃあ2枠は制限なしでお願いします！」

よし、あとでクラスの子に教えてあげよう！　友達が強くなってくれるとオレも嬉しいし、これもみんなを目立たせる訓練の一環になるよね！

その日からモモは、訓練施設通いが日課となった。主にオレのクラスの子たちで毎日予約はいっぱい、それぞれの試合に時間制限が設けられるほど大人気だ。なんせ、「あのぽよもふっとした攻撃を！　もう一度！」、「ああーあの感触が忘れられない！」という変な人たちが増殖《ぞうしょく》してしまったので……。ただモモはしっかりお姉さんなので、相手のやる気がなければ攻撃すらしないし、全身にぽよもふアタックを！　なんて人には、シールドオンリーの痛い攻撃をプレゼントするので、必然的に全力で訓練に臨《のぞ》むことになり、我が5組はやたらと素早く小さい敵への対処がうまくなりつつあった。

そして、毎回ついていっては、ぼうっと闘技場で暇をもて余しているだけのオレが耐えられなくなって、受付さんに懇願した。召喚獣だけ来てもいいようにして、と。

「全く1年生ってやつはそんなことも分からないんだ。今年の召喚の先生は何やってるんだ。いいかい？　召喚獣はそんなに長時間術者から離れて存在できないし、意思だって希薄なんだから、面倒がらずにちゃんと指示してあげなきゃ」

至極まっとうなご意見をいただいたけど、受付さん、いつも試合見てないんだもの！　オレが試合中に体育座りをして、地面に召喚陣を描く練習をしてるとは思ってもいないようだ。

「もう、じゃあ、モモに何か言ってみて？　モモはとてもしっかりしてるし、お話ししてることが分かるんだよ？　オレから離れても大丈夫だから、何かお願いしてみて！」

「ははっ！　召喚獣は他人の言うことなんて聞かないよ？　どれ、じゃあモモちゃん？　そっちにある赤いペンをとってくれるかい？」

『全く、馬鹿にして。何をしたらぎゃふんと言わせられるかしら』

ブツブツ言いながらも、赤いペンを渡すモモ。

「……えっ？　もしかして俺に召喚士の才能が？　いや、従魔の方？」

ううん……残念ながら違うと思うよ。

「もっと難しいことを頼んでみて？　それがうまくできたら、モモだけでここに通ってもいいことにしてくれる？」

「う、ま、まぁそこまで他人の言うことを聞けるなら、危なくもないし、そもそもスライムだし」

モモが、自分のお願いを聞いてくれることへの興味が勝ったらしい。ただ、外の石を拾ってきてとか、なかなか難易度《なんいど》を上げない受付さんに、モモがイライラしてきた。

「モモ、怒ってるよ。もっと難しくしないと、大丈夫って証拠にならないから……」

「はあ、そもそもスライムにおつかい頼むだなんて馬鹿馬鹿しい。じゃあ食堂で今日の日替わりでも聞いてきてくれよ！」

投げやりに言う受付さん。いや、モモは話せないから！

『ふん、言ったわね？　やってやるわよ！　ここに用事を書きなさい！』

急に上がった難易度に、モモは挑戦と受け取ったようだ。おもむろにペンとメモ紙を持ってくると、受付さんに押しつけた。

「えっ？　なに？　これを持ってくるんじゃないぞ？」

『お馬鹿さん！』

モモは、みょーんと変形してペンで受付さんの手を叩き、メモを叩き、書け！　と訴えた。

「え？　まさか、ホントに分かってるなんてことは……ここに書くの？」

目を白黒させながら、とりあえず『今日の日替わりはなんですか？』と書いた受付さん。

メモとペンをスライムボディに取り込むと、モモは意気揚々《いきようよう》とバウンドしながら出ていった。

さて、オレはちょうど戦闘できる人がいないか探してみようかな。

「お願いしまーす！」

受付さんがぼんやりしてる間に、施設内に在室中で、空いている召喚士さんと対戦を組んだ。

オレの前で迫力満点に唸り声を上げているのは、大きめのオオカミっぽい召喚獣だ。ただ、普段からルーを見ていると、大体の獣は小さく思えるから不思議。

「お前、召喚士じゃなかったっけ？　しかも1年だろ？　暇だから受けたけど、こんなチビってどうなの。怪我したからって俺のせいにするんじゃねえぞ！」

「大丈夫！　怪我しないよ」

「……舐めてんのか？」

大丈夫と伝えたら、急に不機嫌になった。じゃあ、なんて言えばよかったの⁉　呼応するように大きくなる唸り声と共に、始まりの合図のベルが鳴った。

まるで放たれた矢のように飛び出した召喚獣に、「あっ」って顔をした召喚士さん。これ、ちゃんとコントロール下に置いてる？　猛烈な勢いの突進食らいつきに、ちょっと眉をひそめた。学生相手にこれって、結構危ないよ。噛まれる位置によっては怪我では済まないと思う。

バクン！　ガチン！　今にも捉えられそうで捉えられないオレに、苛《いら》つく召喚獣は、徐々に興奮してきた。なかなか凶暴な魔物だ、こんな荒っぽい召喚獣は嫌だな。さっきから召喚士の指示は常に「戻れ！」なようだけど、全然言うこと聞いてなくない？　それともそういうフェイント攻撃なんだろうか？

「はあっ⁉　ちょっと！　君何やってんの⁉　そっちの君も早く、召喚獣引っ込めて！」

受付から見える場所だったせいか、我に返った受付さんが慌ててやってきた。

「どうして？　オレちゃんと受付したよ？」

「ああっ！　危ないっ‼　……あれ？　あぶっ！　……あれ？」

オオカミの猛攻《もうこう》を紙一重で避ける様は、確かにあまり見物人の心臓によくないだろう。真っ青な顔をした受付さんだったけど、オレが避けるたびに「？」が増えていく。

「当たらねえよ、なんなんだよ、あいつ！」

「あ、当たらねえじゃないでしょう！　こんな凶暴な魔物を使って！　早く引っ込めなさい！」

「だって、まだ魔力が残ってるから無理」

「はあ⁉」

「無理だっつってんの！　こんなに怒らせやがって！　強制送還は俺が危ねえよ！」

なんてはた迷惑な……。コントロールできない魔物を召喚してはいけませんって習ったよ？　召喚では実力より上の魔物を喚べるので、中には送還命令を跳《は》ね除《の》ける個体も出てくるらしい。強制送還は詠唱《えいしょう》時間が必要だから、この速い魔物の前では唱えることができないんだろう。

「なんでそんな危険な魔物を召喚したんです！」

「だって、依頼で強い魔物が出て……しょうがねえんだよ！」

うーん、それで自分の魔力が切れるまで、ここにいようと思ったのかな？　戦闘したら魔力消費が早いからね。それなら付き合ってもいいけど――。

『ただいまー！』

ほら、モモが帰ってきた。試合はおしまい！　オレは、飛びかかってきたオオカミの下を抜けると、空中にある後ろ足を掴んでひっくり返した。

ぎゃうん！

背中から落ちたオオカミの喉元へ、鞘《さや》に入ったナイフを当てて、試合終了。でも、案の定、跳ね起きたオオカミは猛然と向かってきた。いくら凶暴でも、よその子を送還されちゃうくらい傷つけるのは、ちょっと抵抗がある。

「モモ、この子閉じ込めておいてくれる？」

『ＯＫ！　ヤンチャ坊主は押し入れに閉じ込めちゃうわよ！』

お、おう……モモ、なかなか厳しい。モモが張ったシールドは、オオカミの梱包《こんぽう》にピッタリサイズ。突如身動きのとれない狭い空間に閉じ込められて、オオカミくんが怯えている。

「……は？」

「え……？」

不自然にピタリと固まったオオカミに、２人が素《す》っ頓狂《とんきょう》な声を上げた。

「モモがシールド張ったから、もう暴れないよ。魔力なくなるまで待つ？　強制送還する？」

「「シールド？　スライムが⁇」」

ここで結構戦ってるから、モモのシールドを知ってる人は多いと思ったけど、やっぱり信じ難いことみたい。呆然とする２人の前で、モモは紙を取り出すと、受付さんに渡した。

「――なんで？　どうやって？」

どうやらモモは、ちゃんと今日のメニューを書いてもらってきたようだ。途端《とたん》に、なんだかざわざわと施設内が騒がしくなった気がする。

「うおおー、本当に渡しやがった！　見ろよ、マジでスライムがおつかいしてんだぞ！」

「嘘《うそ》でしょー！　私も欲しい！　かわいー！」

なぜか、モモは後ろに群衆を引き連れて帰ってきていた。まあ校内をスライムがうろついていたらそうなるよね。一部始終を見守っていたらしい人たちからは、どっと歓声が上がった。

「じゃあ、これからはモモだけで来てもいい？」

にこっと笑ったオレに、受付さんは口を開けたまま頷くしかなかった。

4章　無邪気な神狼

「さて、召喚術の授業はこれで終わりです。皆さんは神秘の術を使う召喚士の才能があるのですから、自覚を持つように」

先生が、重々しくぐるりとみんなの顔を見つめて、タクトでスッと視線を逸らした。

今日は最後の召喚の授業だ。たった6回の授業でスライムを召喚し、召喚士の役割や召喚獣について学んで、それで終わりだ。各々《おのおの》独自の召喚獣を喚ぶのは、授業外になる。

召喚獣は従魔のように食費やその他のお金がかからないので、かなり重宝されるようだ。中でもたくさん召喚できる人は、移動や食費は1人分なのに、召喚すれば1人で一大戦力。このあたりが、召喚士がチヤホヤされる要因らしい。

でも、ウチの召喚獣は普通にごはん食べるけどね……。食べなくてもいいけど美味しいものは食べたいらしい。みんなを喚んだら、召喚獣のはずなのにすごく食費がかかりそうだ。早く冒険者になって、依頼を受けられるようになろう！　オレが大黒柱になって、みんなを支えなきゃ！　それに、みんなが揃《そろ》ったら大勢で寮《りょう》生活は難しいし、住処が欲しいよね。広い庭のある家。早く転移を覚えて、森の中に一軒家とか作っちゃおうか。

「この召喚陣は差し上げますが、いつまでもこれに頼らないように。きちんと覚えて各自で書けて初めて一人前と言えます。今後スライム以外に召喚獣を喚ぶ時は、予約をとりますので、きちんと準備を整えてきなさい。では、今から予約したい方はどうぞ」

先生の示した日程表みたいなものに、わっと群がる生徒たち。みんな早く独自の召喚獣を喚びたくて仕方なかったからね。

「ユータ君？　君はいいのですか？」

「あっ！　その、オレはついていてくれる人がいるので！」

「――あなたは貴族でしたね。そう、ですか――」

先生がとても寂しそうだ。見つめているのはモモだけど。先生、ユータはこっちです。

「俺も予約しよっかなー！　先生、準備って何がいるの？」

「あなたは1人で召喚しても構わないですが？　水槽でも持ってきてはいかがです」

「そうか！　なるほどな。水槽水槽っと」

タクト、次は何を喚ぶつもり？

「ユータは次、どんなの喚ぶんだ？　カロルス様のところで見てもらうのか？」

「う、うん、そうだね。召喚を見てもらえそうな人がいるんだ」

「ドラゴン喚んでくれよ！　でっかいやつ！　オレ赤いのがいいな！」

「そんなのオレが食べられちゃうよ……タクトは何を喚びたいの？」

伊勢エビとか？　それともジャンルを変えて、ホタテやサザエなんかもいいかもしれない。

「そりゃカッコイイやつだ！　でっかくてさ！」

「でも、タクトの魔力量だと、エビビくらいのサイズになる気がするよ？」

「えーそんなら、もうエビビだけでいいかな。こいつを強いエビに育てたら、いつかでっかくなるかもしれないしな！」

いやーそれはどうだろう？　それに万が一でっかくなっても、エビはエビじゃないかな……食べ応えはあるかもしれないけど。

今後の召喚は先生の元でやるつもりはないんだ。モモの時だってかなり光ってたみたいだし、ものすごい魔力を消費すると思うから。それに、みんながどんな姿で登場するか分からないしね。モモが言うには、こちらの生き物の中で相性のいい姿、強く望む姿で召喚されるんだって。

モモの時は唐突だったけど、今度はきちんと準備して——次の休み、オレは白山さんを喚ぶ。魔力保管庫にもかなりの魔力を貯《た》めているから、きっと大丈夫。毎日魔力を注いでいる保管庫は、かなりの掘り出し物だったらしく、いまだにいっぱいになる気配はない。

◆◇◆◇◆

「――うん、うまく描けてると思う」

何度も何度も確認して確かめた。大丈夫、どこにも間違いや歪《ゆが》みはないし、魔力もうまく通る。召喚陣は授業でもらったものでも大丈夫なんだけど、自分で地面に直接描く方が喚びやすく、さらに熟練したら自分の魔力で召喚陣を描くらしい。なので、オレは土魔法を使って召喚陣を描いてみた。細かな文様《もんよう》はかなり難しくて、何度も何度も練習したんだよ。

召喚するならここで、と決めていた、ルーのいる湖。もし、万が一魔力が暴走したり、恐ろしいものが呼び出されたりした時――オレに何かあった時――そんな時に頼れるのはルーだと思ったから。それに、溢れる生命の魔素。ここで成功しないならもう聖域にでも行くしかない。

『……ゆうた、無理しないでね？　あなたがもう少し大きくなってからでもいいんだから』

「うん、ありがと。でも、やっぱり早く喚んであげたいよ。このきれいな世界を見せてあげたいし、美味しいものもたくさん食べさせてあげたい。それに、オレがみんなに早く会いたい」

にこっとするオレに、モモは心配げな目をした。

『あなたはすぐに無理をするから……誰もあなたを辛い目に遭わせてまで喚ばれたいとは思わないのよ？』

「――そうだね。みんな、優しいもんなぁ……」

この小さな体で、異世界からの召喚を行うのは、確かに無茶なんだろう。でも、でもオレはそのためにここに来たんだもの。みんながいなきゃ、この人生が無駄になる。

静かな心で召喚陣の前に立つと、さわさわと湖を渡った風が、オレの前髪を揺らした。

ふう……緊張する。

いつもなら『ここでやるな！』って言いそうなルーも、何も言わなかった。本当に危険だから、目の届く範囲でやれってことだろうか。ラピスやモモたちも心配そうに見守る中、オレは魔力保管庫を抱えると、座禅《ざぜん》を組んで集中を始めた。

ねえ、白山さん、白山さん。もうすぐ会えるよ。必ず、必ず喚びだして見せるからね……!!

考えるのは、ただただあの懐かしい姿。楽しく過ごした過去を強く思う。いつも全力でオレを好きだと示してくれた白山さん。あの時、一番遠く、崩落《ほうらく》に巻き込まれない場所にいたはずの白山さん……。土砂に巻き込まれる寸前、オレは確かに猛然と駆けてくる姿を見た。オレを助けたくて、自ら崩落に巻き込まれた白山さん。――ごめん、ごめんね。

「白山さん――ひと言、謝らせて。お願い……ここへ、来て――!!」

オレは全力で召喚陣へ魔力を注ぎ込んだ。どのくらい魔力が必要なのか分からない。出し惜しみしない、とにかく使い切るつもりで、爆発的な魔力を込めた。

「――召喚―っ!!」

周囲が真っ白になるほどの光がほとばしり、体ごと吸い込まれるかのように、激しく魔力が消費されていった。

「ピピッ！」

ごうごうと魔力が渦巻く中で、ティアが必死にオレに魔力を流して、サポートしてくれるのが分かる。大丈夫、まだ大丈夫！　ともすれば力が抜けそうになる体を叱咤《しった》して、保管庫からもぐんぐん魔力を補っていく。

「——ふ、うっ……」

まだ……？　まだだめなの!?　保管庫はまだ大丈夫！　でも、あまりに急激な魔力の消費に、オレが——オレの意識が飛びそうで。その時突然、パタリと魔力の流出が止まった。

ドッと吹き出す汗に、全身ぐっしょりと濡れながら、固唾《かたず》を呑《の》んで召喚陣を見つめた。オレにはこんなに魔力があったのかと、驚くほどの魔力の渦。それが圧縮されるように召喚陣に収束していった。

——カッ!!

「わっ!?」

見つめる先で、再び召喚陣が強烈な光を発し、思わず目を閉じた。同時に、どすんと前から衝撃を受けて、背中を地面に押しつけられる。

……そして、そして……生温かいものが、オレの顔をべたべたにしていった。懐かしい、懐かしいよ……。

『ゆーた！　ゆーた！　ゆーた!!　ゆーただ！　大好き！　大好き!!　ゆーた、お帰り!!』

ぴんと立った耳、ぶんぶんと振られるふさふさしたしっぽ、きらきらする白銀の毛並み。そして、喜びを溢れんばかりに伝える淡い水色の瞳。白山さんだ――間違いなく、白山さんだ。いつも全力でオレを迎えてくれる、あの白山さんだ。オレは押し倒されたまま、その首をぎゅうっと抱きしめた。ここにいる、ちゃんと伝わる温《ぬく》もりに、胸が詰まった。

「お、お帰りを、言うのは……オレだよ。お帰り、お帰り――!!」

オレは白山さんの大きな体を抱きしめて、ぼろぼろと泣いた。お帰り……帰ってきてくれて、ありがとう。

『ゆーた、ゆーた、泣いてるの？　泣かないで。ごめん、守れなくてごめんね……ぼく、ぼく……間に合わなかった――。一生懸命走ったけど、間に合わなかったの。ごめんね――』

素直に感情を伝える水色の瞳が、深い悲しみと後悔に揺れた。オレは、きっと必死に駆ける白山さんの目の前で土砂に飲まれた。命を捨てて助けようとした白山さんにとって、それはどれほど残酷な仕打ちだったろうか。

「違うっ！　ダメだよ、オレが、謝ろうって……謝るのはオレなの！　ごめん！　本当にごめんね。君は死ななくてよかったはずだったのに、まだ子どもだったのに！　オレのせいで！」

『どうしてゆーたが謝るの？　謝るのはね、悪いことをした時なんだよ？』

ふと、白山さんが不思議そうに首を傾げた。きょとんとして、しげしげとオレを眺める。

『ゆーた、小さい？　ぼくより小さくなったの？　気配は大きくなったのに、縮んじゃったの？』

『ゆうたは子どもになったのよ！　ふふっ、久しぶりね！』

『あっ！　亀――ぶふっ!?』

モモが、大きな白山さんに、柔らかアッパーカットを食らわせた。

『私の名前はモモだから！　間違えないでちょうだい！』

それを聞いた白山さんが、驚愕《きょうがく》に目を見開くと、オレに詰め寄った。足をそわそわとさせながら鼻先でつんつんとオレをつつく。

『ぼくは？　ぼくは？　ぼくも新しいお名前もらえるの？』

期待に満ちたきらきらした瞳に、くすっと笑った。そうだね、モモだけ名前をつけたら、きっとみんな羨ましがるから、みんなに新しい名前考えなきゃ。

「うん、新しい名前考えよっか！　白山さんはこっちに来てもそんなに姿が変わらないんだね。大きな白銀の犬だから――そう、シロでどう？」

『うんっ！　ありがとう！　ぼく、シロ！　ねえ、か……モモ！　ぼくシロだよ‼』

『そう……よかったわね。あなたがそれでいいなら、いいんじゃないかしら……』

わーいと喜んで駆け回るシロにほっこりする。姿が大きくなっても、まだ子どもだね。シロはあの時まだ1歳半だったんだ。今やオレの方が子どもに見えるね。

『おう！　新入り！　俺様は忠助《タダスケ》！　よろしく頼むぜ！』

シロとチュー助、どっちが新入りなんだか……。ラピスは管狐たちを1匹1匹紹介しているようだ。シロは嬉しそうにお座りしてしっぽを振りながら、律儀に挨拶している。

「シロ、これがルーだよ！　神獣っていう偉い人なんだよ」

『うんっ！　ゆーたの中でちゃんと知ってたよ！　ルーありがと！　よろしくね！』

ぶんぶんしっぽを振って大きなルーに飛びつく、大きな獣。さすがにルーと比べると小さいけど、シロもそこらの犬サイズではない。セントバーナードも真っ青な大きさだ。ルーはぴょんぴょん飛びついてくるシロに、至極迷惑そうな顔で立ち上がって、しっぽでガードした。

ぴしり、ぴしりとしっぽで跳ね除けられながら、シロは嬉しそうだ。シロってやつはああ見えて物事の本質を見抜く目を持っている。ルーが本気で嫌っていないと分かってるんだ。

『まるで犬だな……鬱陶《うっとう》しい、構うな！　神狼《しんろう》フェンリルが聞いて呆れる』

「神狼？　オオカミなの？　大きな犬じゃないの？」

『犬じゃねー。お前、神狼なんてそんじょそこらでお目にかかれるモノじゃねーぞ』

『フェフェ、フェンリル⁉　主やべえ！　俺様の主は世界イチぃ！　シロさんよろしくッス！』

途端に態度を豹変《ひょうへん》させたチュー助が、ピシっと90度の礼をした。どうやらシロも普通の犬としては来なかったみたいだ。でも、いかにも犬っぽい優しく親しげなオーラを纏っているから、誰もそんな大層なものだなんて思うまい。きっと大丈夫だ。魔力消費が多かったのも、そのせいかな？　魔力保管庫は、残り3分の1ほど。次の召喚では満タンにしてから臨もう。あと、魔力消費に耐えられるよう、オレ自身の訓練も必要だと痛感した。

『ゆーた、遊ぼう！　ぼくに乗って、ほら早く早く！』

乗るって、シロに？　そわそわする前肢にくすりとして、オレは言われるままに跨がった。

『出発！』

「うわわわ！」

元気に立ち上がったシロにしがみつくと、ぐんっと走り出した。ルーである程度慣れてるとはいえ……速い！　シロはルーみたいに騎乗者に優しい心配りはできないので、自らシールドを張って体勢を整えた。びゅんびゅんと流れる景色に目が回りそうだ。

「わあー！　シロ、速いね！　すごいよ！」

『うん！　ぼく、速くなりたかったの。これならね、間に合うと思うんだ！　ぼく、速くて強くなるからね……！　今度は、ゆーたを助け出せるように！』

「――シロ……。ううん、今度はね、オレがみんなを守れるようになるんだ」

『じゃあ、一緒だね！　ぼく、嬉しい！　楽しいねー！』

シロの溢れる喜びが伝わって、オレの心を温めた。君はいつでも太陽みたいに真っ直ぐで、温かい。変わらないシロを感じて、思わずさらさらの毛並みに顔を埋めた。

◆◇◆◇◆

また忘れてしまわないうちに紹介しておこうと、あのあとすぐにフェアリーサークルで館を訪れた。ちなみに、モモが魂をオレに渡してるのを知って、『ずるい！』と一言、シロも当然のようにオレに魂を預けてしまった。面白がってオレから出たり入ったりする大きな神狼は、なかなか衝撃映像だ。オレより圧倒的に大きいのに、そんなことできるんだね。

「なあ――それ、犬だよな？　まさか……いやいや、犬だ、これは」

にこにこお座りしてしっぽを振るシロを前に、いやいや、と何度もシロを見ては首を振るカロルス様と、額に手を当てる執事さん。

「まあ！　なんってかわいいの！」

「ええ！　美しく気高いその姿！　優しい瞳！　麗《うるわ》しい！」

女性陣は、『会えて嬉しい！』と全力で伝えてくるきらきらした瞳に魅了されたようだ。

「まあ、なんていうか。かわいい顔してるから……分からないんじゃないかな？　多分」

「そうでしょう？　シロっていうの！　大きいけど、とても優しくて懐っこい子だから、怖くないんだよ」

「ウォウ！　グル、ルル……」

シロが、お話しできないことにもどかしそうな様子を見せた。ひとしきり何か表現しようと、首を捻ったかと思うと、にぱっと笑って、顔を上げた。

『あのね――ぼく、シロ！　聞こえる？　繋がったでしょ？　聞こえるでしょ？　おはなし！お話しできるよ！』

ちぎれんばかりにしっぽを振って、にこーっと輝く笑顔を向けるシロ。そして、目を見開いたカロルス様たち――もしかして、シロの声が聞こえるの？

「なっ!?　念話《ねんわ》？　くそ、間違いなくフェンリルじゃねえか！」

「これほどハッキリと意思を持っているとは――」

「――くっ……かわいい」

セデス兄さんは、なぜか四つん這いになって敗者のポーズをとっている。そして案の定、女性陣はシロのハッピーオーラにノックアウトされていた。カロルス様たちはすごいな、やっぱりバレちゃったみたいだ。

「うん、犬だと思ったんだけど、ルーはフェンリルだって言ったの」

「そうだな！　なんか神々しいもんな!!　俺の本能が強者《つわもの》だってビンビン言ってるからな！」

「でもシロはフェンリルっていってもまだ子どもだよ。かわいいから、みんな犬だと思うんじゃない？　連れて歩いたら、バレちゃう……？」

「あー、まあAランクにはバレるだろうな。気配が違う。でもま、Aランクにバレても構やしねえよ、ちょっかい出してきたりしねえだろうからな。Bあたりだとどうだろうなあ、分かるヤツには分かるだろう。それ以下ならそうそうバレんだろうし、まさかフェンリル連れてるとは思わんから、誤魔化せるだろうな」

そっか、よかった。せっかく一緒にいられるのに、外に出られないなんて可哀想だもんね。

『うんっ！　ぼくは犬だよ！　ただの犬！　それならゆーたと一緒にいられる？』

大きな図体《ずうたい》でぴょんぴょんするシロに、カロルス様たちも思わず苦笑した。

「見事に犬っぽいな。大丈夫だろ——念話しなけりゃな！」

『分かった！　知らない人にはお話ししない！　わーい！』

はしゃいだシロが、オレに飛び込んで、ぴょーんと再び飛び出した。久々に見る、カロルス様たちのお口あんぐりのお顔。

「それは絶ッッッ対、人前でやるなよ!?」

……ですよねー。オレは力なく、えへへと笑った。


「こいつ、スゲーかわいいな！　ははっ、よせよせ！」

タクトはシロと全身でじゃれあっている。シロ、いい遊び相手ができてよかったね。

「さらさらだね～きれいな毛並み。ところでユータ、いつの間に召喚したの？　先生の予約枠埋まってたんじゃないの～？」

「う、うん。オレ、個人的についてくれる人がいたから！　ほ、ホラ、オレ一応貴族だし！」

「……ふーん？」

ラキの「うっすら分かってるけど聞かないであげるよ」って視線から目を逸らす。ともかく2人とも仲良くできそうでよかった。一緒にパーティを組むんだもの、シロの念話のこと、2人には言っておこうと思うんだ。チュー助もいるから、そんなに驚かないだろうし。

「あのね、今から言うのはナイショのお話なんだけど――いい？」

「秘密の話か！　おうっ、誰にも言わねーぜ！」

「すっごく嫌な予感だけど……聞くしかないかなぁ～。大丈夫、人には言わないよ～」

「ありがとう。あのね、シロは普通の魔物じゃなくて、チュー助みたいに人とお話しできるんだ。でも、他の人には怖がられると困るから、言わないでいてくれる？」

「「おはなし⁇」」

『うんっ！　ぼく、おはなしできるの！　タクト、ラキ、こんにちは！』

にこっ！　シロの満面の笑みと共に、タクトたちがのけ反った。

「しゃ、しゃべった！」

「えっ⁉　念話～⁉」

「うん、シロはその念話っていうのができるみたいなんだ」

『ぼく、みんなとおしゃべりしたかったから！』

「そ、そういうものなの～？」

「いいぜ！　３人の秘密だな。ティアにチュー助とモモ、そんでシロもオレたち『希望の光』のメンバーだな！」

その言葉に、ピクリ、とラピスが反応した気配を感じた。そうだよね、ラピスたちだけ仲間外れはダメだよね。ええい、この際みんな紹介しておこう！　秘密基地なら人目を気にしなくていいもの。

「ごめん、あともうひとつ――ラピス！」

覚悟を決めたオレは、ラピスたちを喚んだ。

ぽんっ！　ぽんっ、ぽ、ぽぽぽぽっ！

まるで花が咲くように、次々と秘密基地内に現れる管狐に、ラキたちが目を剥いた。

「……あのね、ずっと言ってなかったんだけど、これがオレの従魔たち。ナイショにしてね？

白いのがラピス、こっちからアリス、イリス――オリスで……あれ？」

「「きゅっ！」」

「え、えっと、カリスとキリスだよ」

――他にも聖域にまだいるの。ユータ、魔力増えてるから、まだまだ増えると思うの。

ま、また増えてるーー!?　ラピス部隊、一体何匹になるんだろう。基本的にアリスたち以外は聖域で「しゅぎょう」するらしい。ラピス隊長の修行は厳しそうだ。みんな――頑張ってね。

「こんなにたくさん従魔が……このちっこいの、戦えるのか？」

「この子たちは魔法が使えるから、戦えるよ！　でも、なるべく人目につかせたくないんだ。

いつもオレの側にいるのは、このラピスだけだよ」

「いつも、いたの～？」

「うん。見つかりにくくする魔法をかけて、いつもいるよ」

「じゃあこれからは、ラピスもオレたちと一緒に特訓できるな！　よろしくなー！」

あっ⁉　タクト‼　オレの肩で、キラリと目を光らせた鬼教官が、嬉しげに飛び跳ねて、オレはそっとタクトから目を逸らした。タクト……強く生きてね――。

「なんかユータ1人でスゲー戦力だな！　オレ、いくら従魔でもゴブリンとかあんまり仲良くできそうにないし、かわいいのばっかりでよかったぜ！」

「えっと～ユータ1人で、召喚士と従魔術士と魔法使いと近接戦闘員を兼ねられるってこと？うわぁ～僕たちは助かるけど、規格外の本領発揮だね～」

よかった……なんだかんだ言いつつ、2人とも受け入れてくれた。どうやら管狐って存在は知らないみたいだけど、そこはあえて言わなくてもいいだろう。魔法が使えるちっこい獣、でいいじゃないか。

それにしても、最近ラピスが聖域に帰る時間が増えているのは、管狐が増えているせいもあったんだね。てっきりオレの実力がついてきたからかなと嬉しく思っていたんだけど。

――うん、ユータはだいぶ強くなったから、街の中なら大丈夫だと思うの。モモもティアもいるし、これからはシロがいるなら安心なの！　でもユータもラピスたちも経験が少ないの。「いっくら能力があっても、戦場経験のないヒヨッコが勝てるかよぉ！」ってヒトが言ってたの。だから、ラピスも経験を積まないといけないの――‼

ねえ、いつもどこの軍隊、覗いてるの？　なんでそんなヒャッハーな感じなの？　ただ、オレたちに戦闘の経験が足りないのはその通りだ。だから、能力で勝っていても、経験豊富な人や強い魔物には勝てないだろう。能力によるごり押しが効くのは、ある程度までだ。ラピスだって本気のカロルス様と戦ったら、どうだろうか？

鬼教官は自分にも厳しい。オレも経験積まないといけないな。そのためにも、早く冒険者として外へ出られるようになりたい。冒険者の仮登録まではあと少し——1年生に求められるものはそう多くないけれど、仮登録するならば話は別だ。冒険者としての最低限ができるかどうか、そこに年齢は関係ない。

「よし……頑張るぞ！」

オレは決意を新たに、訓練に励もうと誓った。

＊＊＊＊＊

「今回集まってもらったのはのぅ、1年生の実地訓練についてじゃが、何が問題なのじゃ？」

校長先生、あなたさっき説明受けてましたよね？　全員の視線を華麗にスルーして、高齢の美女は小首を傾げた。

「ですからぁ！　ウチのクラスの子たちが優秀すぎて困っちゃうっ！　って話なんですよ！」

「違うッスよね⁉　論点そこじゃなかったッスよね⁉」

そう、1年5組。このクラスが異様に浮いていることについて、ついに先生たちの議題に上ることになったようだ。

「なんで、あんなに戦闘能力が上がってるッスか⁉」

「魔法使いの子たちなんて、全員が全属性を使えて独自魔法まで！　素晴らしすぎちゃってもう～先生困っちゃう！　……でも、先生教えてないなーとか思わなくもなかったり……」

「いやいやこの間の合同訓練、あれ、なんですか⁉　5組だけ、なんで野外でレストランみたいな食事してるんです？　ウチのクラスの子が自分の保存食を見て泣いちゃったじゃないですか！」

「それに！　あのホーンマウスが来た時！　私がクラスの生徒を素早く避難させていたというのに……『獲物《えもの》キター！』って殺到したの、5組の生徒でしたな？　どういうことです！」

「うむ、ホーンマウスはあれで結構美味いでな。わしは香草焼きが――」

「校長先生は黙ってて下さい！」

しょぼんとする校長。わし、なんで呼ばれたんじゃろう。

「オホン、とにかく、ですな。5組だけが突出している状況で、訓練内容がそぐわないのではないかということです。もっと先に進めて、実験――んんっ、能力を伸ばしてやってもいいのでは？　言わばクラス全体を、特級として扱うようなものです」

「いいッスね。体術的には全員特級で問題ないッス！　あれは特別、ってした方が、他のクラスの子が落ち込まなくて済むッス！」

「それと、他のクラスの子たちと、もっと交流を持ってもらいたいの。他のクラスもそれで刺激を受けるかもしれないでしょう」

「それはよいサンプ――んんっ、よい経験になりますな。互いに切磋琢磨《せっさたくま》し合い成長する、それを見守ることができるのは、教師としてこれ以上ない幸せでしょう」

若干1名は個人的な興味が勝っている気もしつつ、概《おおむ》ね5組を特級扱いする方針が決まった。

しかし、他クラスとの交流については、意見が割れていた。

「やっぱり授業を一緒にやるより、実地訓練での動き方が参考になると思うの。だから合同でやる機会を増やしたいわ。できれば仮登録までに！」

「それって合同の実地訓練を増やすってことッスか？　でも仮登録までの回数、もう決まってるッスよね？　登録までの日数が延びたらみんな怒るッスよ？」

「そうそう！　すっごく楽しみにしてるもん。期間は延ばさずに、詰められるだけ詰めちゃったら？　みんな美味しいもの食べられるって、実地訓練好きだし！　私も好きだし！」

「「「だからそれは、5組だけだっつってんの!!」」」

——会議はまだまだ、難航の様相を呈していた。

＊＊＊＊＊

「ねえユータ、あなたどうやって魔法の威力を変えてるの？」

「どうって？　込める魔力を増減したらいいんじゃないの？」

「嘘よ！　さっきのあなたの魔法、ちょっと違うじゃない！　呪文は？　また無理魔法なの？」

5組の魔法使いひみつ特訓は、今もちゃんと続いている。そこでは最近、オレの魔法の系統に名前がついているらしい。「生活便利魔法」「無理魔法」とかね。ちなみに無理魔法は、絶対習得できないって分類だそうで……非常に心外だ。

参加メンバーのラキとオレ、それに熱血チェルシー、真面目なデージー、モテたいだけの男マイケルは、それぞれ目標だった「実地訓練であっと言わせる」「他のクラスと差をつける」を達成できたようだ。チェルシーはお肉を焼く火加減に抜群の才能を見せ、レアからウェルダンまでどんな肉質でもお任せあれだ。デージーは、蓋《ふた》をした鍋の中で水蒸気を操《あやつ》り、見えない中で蒸し料理をうまく仕上げる技術が最高だし、マイケルは食洗機として大活躍している。

「違うんだよ！　僕の思ってたのと、圧倒的に違うんだよ！」

マイケルはなぜか納得いかないようだけど、彼らは実地訓練でクラス中に引っ張りだこだ。それでも呪文が絶対必要な3人に比べ、ラキはそろそろ呪文がなくても発動できるようになってきたし、加工の時は集中しすぎて、自然と呪文なしで行っていることもある。

オレはオレで密かに転移の練習をしているんだけど、なかなかうまくいかない。でも、もうちょっとなんだ。どうもスモークさんの転移と、ラピス・ヴァンパイア組の転移は違う系統のようで、スモークさんの転移は、コピー&ペーストみたいなイメージだけど、ラピスたちのは拡散と収束みたいな？　何度も経験しているラピス系統から攻めていこうと思ってはいるんだけど……。魔法の修得は、たゆまぬ努力で少しずつ、というよりも、0か100かっていう極端なものだと思う。コツを掴めばできるようになるし、掴めないとできないんだ。

オレは早くエルベル様のところへと、はやる気持ちをなだめてため息を吐いた。

翌日、突然のメリーメリー先生の発言に、クラスがどよめいた。なんと、仮登録までに実施される実地訓練が、増えるというのだ。

「じゃあ、仮登録できるのが先延ばしになっちゃうの⁉　やだよ！」

金銭的に切実な生徒もいて、クラスはブーイングの嵐だ。

「お、落ち着いて！　そのあたりは大丈夫っ！　今回の追加実地訓練は、『クラス間の交流を深めようの会』だからね、他の日程に変更はないの、参加できる子だけ参加でいいし！」

なんだ、それならよし……と安堵《あんど》して腰を落ち着ける面々。大体全員参加するだろうな、みんな実地訓練好きだから。

「先生、それって、実地訓練が増えた分の時間は、何がなくなるの～？」

「そ……それが――」

先生が、悲壮な顔でクラスを見回した。一体、何が――ごくりと身を乗り出す生徒たち。

「わ、私の……私の授業が削られることに!!　――あとマッシュ先生」

よよよ……と嘆《なげ》く先生とは裏腹に、オレたちはホッと息を吐いた。正直、魔法使い組は授業内容を飛び越えちゃってるし、モモのせ……おかげでウチのクラスの体術レベルはなかなかのものだ。最近は通訳代わり兼、戦闘指南のチュー助も交えて、数人対モモの実践的な訓練を行っている――らしい。

「じゃあ授業がなくなって実地訓練が増えるだけか！　いぇーい！　ラッキー！」

タクトがストレートに喜んで、先生に追い打ちをかけた。ちなみに他のクラスの授業は、それぞれ一番進んでいるところが削られる。といってもせいぜい1、2回で、やたらと実地訓練が増えたのはウチのクラスだけだ。どうやら他のクラスが順番に、ウチのクラスと合同訓練するという方針らしい――どうして??

「きゃーかわいい！　ユータくん、こっちにおいで〜！」

「ユータくーん！　お姉ちゃんとこにおいで！」

合同の実地訓練当日。——なんだろう。なんだかオレ、すごく人気があるようだ。でも、ほーらほらと手を叩いて呼ばれる様は、まるで……そう、犬——。ああ、そうか、オレ幼児だもんね。マスコットやペットみたいなもの、か。オレはちょっぴりほろ苦く空を見つめた。

今回の合同訓練では、５組のメンバーはばらけて他クラスの班に入れられるようで、オレも１人、見知らぬ人たちの班に入ることになった。

「あの、よろしくお願いします！」

「お前、男なんだろ……？　くそっ、かわいい子との交流の場が……」

「まあまあ、ある意味かわいい子だし？　よろしくね、あたし他の子に恨まれちゃうな！」

赤毛の男の子がマイケルみたいなことを言い、剣士風のガッチリした女の子が、にっこり笑って頭を撫でてくれた。オレが入った班は男子３名女子１名、あまり歓迎されていない雰囲気だけど、女の子ばっかりの班だともみくちゃになりそうだったのでホッとした。

「それで？　君は何ができんの？　ひたすらお守《も》りしなきゃいけないなんてカンベンだよ」

リーダーっぽい、少し神経質そうな男の子が不満げにオレを見下ろした。

「えーっと、色々できるよ？　何をしたらいい？　それに収納袋もあるよ」

ヒュウ！　と口笛を吹いたのはずんぐりした男の子。

「マジで！　ラッキーじゃん。収納袋持ってるなら、俺は歓迎だな！」

「でもさぁ、怪我したら俺たちのせいになるんだぜ！　見ろよ、あの女子たちの目……」

「収納袋があるなら仕方ない、邪魔にならないようにしろ！　それだけだ」

色々できるって言ったのに。でもパーティーメンバーの連携ってものがあるもんね。邪魔にならないようにサポートに回ろう。ちなみに、あまりにも目立つので、シロはオレの中でおやすみだ。召喚士として請《こ》われるなら喚び出そうかなと思ったのだけど。

「へ～、それでユータは一応召喚士だけど、魔法と剣もちょっと使えんの？　すごいじゃん」

「つまりはどれも中途半端ってことだろ！　お前、まだ小さいからいいかもしれねえけどさ、ちゃんと絞って訓練しねーと後々困るんだぞ！　……って先生が言ってた」

ずんぐりさんと赤毛くんは、意外と色々話しかけてくれる。リーダーさんは前を、剣士ちゃんは後ろを警戒《けいかい》しながら歩き、中央にオレ、左右に赤毛くんとずんぐりさん。なんか、完全に護衛態勢……オレ、戦えるんだけど。

1年生でも、さすがに仮登録が近くなると多少の戦闘をすることもあるし、小物しかいない草原で魔物避けは使わない。前を行くリーダーさんはかなり緊張してピリピリした雰囲気だ。

「ね、召喚士って、ユータもう召喚できるの？　何を召喚するの？」

「えっとね、スライムと大きな犬だよ！」

「……そ、そう。えっと～かわいい、ね？」

剣士ちゃんが困った顔で褒めてくれる。

「お前、それで召喚士名乗るって……犬とスライムでどうするってんだ……」

赤毛くんの呆れた声と、リーダーさんの冷たい視線。失礼な！　すっごく役に立つんだから。

その時、レーダーに小物の反応が引っかかった。よし、獲物だ！

「どうしたの？」

「あそこ、獲物だよっ！　お昼ごはん！」

「はあ？」

「え、獲物!?」

「もう、逃げちゃうよ！　そこ射《い》って！　あの木の根元、草が揺れてるところ！」

赤毛くんは弓使いだ。早く早くと急かして、射られた矢をそっと風でサポートする。ギャッと小さな悲鳴が上がって、みんなが顔を見合わせた。

「な、なんかに当たった……？」

よしっ！　まずは第一昼ごはん確保！　恐る恐る近づいたリーダーが持ち帰ってきた獲物は、

クロウラビットだ。ホーンマウスの方が好きだけど、この際、贅沢《ぜいたく》は言えないね。

「オレ、魔物倒しちゃった……」

呆然とする赤毛くんに首を傾げた。

「魔物倒さないとごはんが食べられないよね？　いつもどうしてるの？」

「何言ってんだ？　実地訓練の食事は保存食だろう」

「それは主食でしょう？　おかずは？」

「お、おかず⁇」

「な、なあ、もしかして……前の合同訓練で5組だけ美味そうなの食ってたのって、全部自分たちで獲ってきたもの──？」

「もちろん！　このあたりだとホーンマウスが一番美味しいんだ！　でもたくさん集めるのが大変で！　クロウラビットは蒸し料理が美味しいよ！」

「まさかとは思うが、お前たちのクラス、魔物を狩りに行ってないか……？」

ぽかんとする面々と、キョトンとするオレ。

「行ってるよ……？　実地訓練だもの、現地調達でしょう？」

想定外にどん引きの視線が集まり、狼狽《ろうばい》する。え、それが実地訓練の目的じゃなかったっけ？

「いやいやいや！　オレら1年よ？　魔物見たら逃げろって、先生に報告って言われたでしょ⁉　現地調達は採取メインだから！」

そうだっけ？　メリーメリー先生も喜んでホーンマウスを追いかけてた気がするけど。これは私の唐揚げだからーって――。

「そうなの……？　でもごはんは美味しい方がいいよね？　オレ、魔物見つけるの得意だから、美味しいの食べよう！　あ、そこの香草採ってくれる？」

「お前、聞いてた？　俺らの話……。俺たち魔物と戦ったりしないよ？　何、その危険な実地訓練」

「じゃあオレが狩ってこようか？」

「はあ？　お前が⁉　バカ言うな！　お前は後ろで引っ込んでろ！」

怒られた……そうは言っても、このままじゃ獲物はうさぎ1匹。もう少しバリエーションが欲しいものだ。仕方ないので、せっせと野草類の採取を頑張っておこう。

「なんでそんな簡単に野草を見分けられるの？　全部雑草に見えるけど……」

不思議そうな剣士ちゃんに、食べられる野草を教えながら歩いた。

「慣れたら分かるよ！　毎回お料理に使ってると絶対覚えるしね」

あ、そうこうしているうちに獲物発見！　でも確保しに行ったら怒られるから――。

「あーっと！　転んじゃった！」

ぽーんと横っ飛びに列を外れると、サクッと仕留めた。グリーンサーペント、丸々とした蛇の魔物だ。毒はないし、肉団子にしてスープに入れると美味しいんだ！

「おっと、危ない！　魔物がいたみたい」

大きな蛇を引きずって、にこにこしながら戻ると、なんとも言えない視線を感じる。

「……お前……」

「マジ？　普通に魔物仕留めてるし」

「え？　これが普通なの？　俺たちがおかしいの？」

「えっと……け、怪我はない？」

「大丈夫！　あのね、オレも戦えるし実地訓練なんだから、守ってくれなくて大丈夫だよ！」

オレはここぞとばかりに主張してみた。何かを守りながら戦えるほど、1年生は熟練していない。オレがいることがハンデになってはいけないだろう。

「フン、生意気に！　じゃあ、お前が前歩いてみろよ！」

「いいの？　ありがとう！」

言ってみるもんだ！　許可をもらったので、鼻歌交じりに先頭を歩く。いいお天気！　雨だと獲物も減るし木が湿って火をつけるのが大変だし、やっぱり冒険はお天気の日に限るね！

「ちょ、ちょっと歩くの速いよ？　もっと警戒して！」

剣士ちゃんは意外と慎重派のようだけど、そんなにガサガサと派手に駆け寄ってきたら――。

「うん――大丈夫」

ぐいっと、背の高い剣士ちゃんを引き寄せて屈ませると、肩越しに短剣で一薙ぎした。

「えっ？　なに⁉　うわっ……グラススパイダー……」

剣士ちゃんの首筋を狙って飛びついたのは、帽子くらいある蜘蛛《くも》だ。噛まれると麻痺《まひ》しちゃうけど、1人で歩いていたのでなければ、痺《しび》れて痛いだけだ。

「あ……その、ありがとう」

「どういたしまして！　これは食べられないね」

頭を抱き寄せるような形になった剣士ちゃんを、にっこり笑って解放した。

「お前、あんなチビが好みなのか⁉」

「何言ってんのよ！　ちょ、ちょっと対応できなくて恥ずかしかっただけよ！」

ほっぺを赤くした剣士ちゃんがからかわれている。ふふ、大丈夫、次はきっと活躍できるよ！

オレはちょうどいい棒を見つけたので、鼻歌交じりにガサガサと振り回しながら草むらを歩いた。と、そこへ飛びついてきたのは……蜘蛛かぁ。

「食べられなーい」

キィッ!?

サッカーボールよろしく彼方へ蹴り飛ばすと、再びフンフーン、ガサガサ！　とやって――

シャッと飛びついてきたグラスマウスを素早くキャッチ！

「食べられるー！　けど小さいね、逃がしてあげよう」

フンフーン～ガサガサー！

「食べられなーい」「食べられるー！」

「な、なあ、草原って静かに目立たず、息を潜めて通るんじゃなかったっけ……」

「言うな。あいつが目立つおかげで、俺らは被害受けねえんだし」

「そんな！　何かあったらあの子が被害に……全然大丈夫そうだけど……」

「あれ、明らかにワザとじゃね？　隊列にいる時は静かにしてたじゃん。な、なあ、俺思うんだけど……もしかしてあれ、自分をエサに魔物探してんじゃね？」

「そ、そんな!?　狩りに行くなって言ったからか!?　そこまでして魔物と戦いたいのか!?」

「げっ！　蜘蛛とサンドバグ両方っ――一瞬……かよ……」

お昼の休憩場所へ到着した頃、獲物はそこそこだ。これだけ騒がしく歩いても、クロウラビット2匹にホーンマウス2匹、グリーンサーペント1匹だ。1年生向けのこの草原では小物ばっかりで、あまりヒトを襲ってはこないので、こちらから狩りに行かないとなかなか難しい。虫系の魔物は何も考えてないから結構飛び出してくるんだけど、食べたくはないし。

「じゃあごはん作ろっか？　設営はいつもどうしてるの？」

何気なく振り返って、ビクッとする。み、みんなが死んだお魚みたいな目をしている……。ごめん、オレのペースで来たから疲れちゃった？　次は後ろを歩くよ……帰りは獲物いらないし。

「つ、疲れちゃった？　オレ、ごはんの用意するからそこ座ってて！」

バレないようにサッと土魔法で箱形ベンチを作って4人を座らせると、オレは調理にかかった。これだけ機会があれば、オレだって小物なら捌けるようになったんだよ。オレが奪った命だもの、責任持たなきゃね。ササッと保存食を戻す傍ら、蛇肉を粗いミンチにし、香草で包んだうさぎ肉を蒸す。ホーンマウスはちょっと手間だけど、やっぱり唐揚げ！　あとはサラダ用の野草を洗浄魔法できれいにして――そうだ、さっきリモンハーブがあったんだ。これはスッキリ爽快《そうかい》でレモンとミントを合わせたような香りがするんだ。疲労回復にいいらしいけど、子どもには甘みがある方がいいかな？　スイートラディスも合わせて、ちょっぴり生命魔法を流したお水に入れると、キンと冷やしておいた。

＊＊＊＊＊

「なあ、お前の班の5組のヤツ……どうだよ」

光のない瞳で呆然とベンチに座る4人へ、疲れた顔の男子生徒が声をかけた。

「どうもこうも……意味が分からねえよ。あんな、あんなちっこいのに俺、負けてんのか……？　魔物って、食材？」

「そっちもか……おかしいんだよ、魔物に特攻していきやがるんだ……『ひゃっほう！　俺の昼飯！』とか言いながら……」

「あなたのところも？　ウチの班もひどい目に遭ったのよ！　『いいわねっ？　1人1匹はホーンマウスを確保すること！』とか言うのよ!?　バカじゃない!?」

次々と集まる5組以外の生徒たち。その瞳は一様に光を失い、くたびれたサラリーマンのようになっていた……まだ6歳なのに。

「実地訓練ってさ、違うよね？　野外の恐ろしさ、恐怖と戦いながら過ごすものだよね？」

「あのぎらぎらした目……。まるっきり狩る側じゃん。僕たち、1年生だもん、狩られる側だよね……？」

「休憩所に辿《たど》り着いたら、もうぐったりでさ、怯えながら早く帰りたいって思うものでしょ？」

「「「なのに……いきなり料理始めるんだよ……」」」

これは自分たちがおかしいのか？　魔物に怯えながらひもじく保存食を囓っていたのは間違いだったのか……!?　生徒たちの心は常識と非常識の間で揺れ動いた。

「もうすぐできるよ！　先にこれどうぞ！　はい、皆さんもどうぞ～」

一際《ひときわ》小さなかわいらしい幼児が、大きなお盆を器用に持って、ちょこちょこと歩いてきた。

「お水……？　あ、ありがと」

実地訓練では持参するか水魔法でしか確保できない水は、大切なもののはず……そしてこの容器は、そのでかいお盆は一体どこから出てきたのか。そんなことが頭を掠《かす》めつつも、切実に水分を欲していた生徒たちは、素直に水を受け取った。

「つ、冷たっ!?」「うま……なんだこれ!?」

勢い込んで口をつけた生徒たちは、目を見開いた。彼らの瞳に光が戻ったのを確認して、幼児はにっこりと微笑んだ。

「リモンハーブとスイートラディス水だよ。スッキリ美味しいでしょ？　疲れが取れるよ！」

ハーブってこんなに効果が……？　みるみる活力が戻ってくる気がして、生徒たちは生気の戻った顔を見合わせた。なぜこんなにキンキンに冷えているのかは考えないことにして……。

「ユータちゃーん！　これ、先生の分！」

ルンルンとご機嫌に走ってきた５組の先生が、幼児に声をかけた。

「もう、メリーメリー先生はちゃんと自分で作らなきゃダメでしょう？」

「先生……先生ね……努力はしたの……でもね、せっかくのホーンマウスが……黒い塊になってしまうのにはもう耐えられないのっ！　唐揚げね、唐揚げにしてね！」

先生？　幼児に何言っちゃってるの？　他クラスの生徒が目を点にしているのを気にも留めず、幼児にホーンマウスを押しつけた先生は、スキップしながら戻っていった。ユータと呼ばれた幼児は、やれやれと肩をすくめると、背丈に合ったおもちゃのような調理場で、手早く解体し、肉に何かを揉み込んでいる。

うん……？　調理場？　ここにこんな設備があったろうか？　大きな鍋では、雑炊《ぞうすい》らしきものがくつくつと煮えて鼻腔《びくう》をくすぐる優しい香りを漂わせ、隣の鍋の蓋はかたかたと鳴っていい香りを吹き出している。極めつけは、何やら白いものをまぶされた肉。それを鍋に入れた途端、ジョワジョワと大きな音と共に漂う、がつんと食欲をそそる香り。

いやいや、絶っっ対こんな設備なかったから！　ここ野外だから！　心の中でツッコミを入れつつ、ごくりと生徒たちの喉が鳴った。

「はい、できたよ！」

どこからテーブルが？　なんて考える余裕もなく、パーティメンバーの視線は次々と並べられる料理に釘付けになった。大きめの肉団子がごろりと入った美味そうな雑炊、彩りのよい野草のサラダ、美しい断面を見せてきれいにスライスされているのは、香草に包まれたうさぎの蒸し肉。野草を敷いた皿にどっさりと盛られている塊は、先生の言っていた「唐揚げ」だろう。皿こそ無骨な土器だったが、美しく盛りつけられたそれらは、まるで貴族の料理だ。

「今日のメニューは肉団子と香油のスープ雑炊、うさぎ肉の香草包み蒸し、ホーンマウスの唐揚げだよ！　うさぎ肉にはこのソースをかけて、ちゃんとお野菜も食べてね！」

まるでシェフのようなことを言うユータは、とてとてと忙しく歩き回っては、小さな手でお水を入れ、背伸びしてカトラリーを並べ、甲斐甲斐《かいがい》しく世話を焼いた。

「ユータちゃ～ん！　先生の――ハッ!?」

スキップで近づいてきた先生が、ピタリと固まった。その目は驚愕に見開かれている。

「はい、これ先生の分。……どうしたの？」

「そ、それっ！　それ私食べたことない！　よ……よかったぁー、ちょっと残ってる！」

先生はわなわなと震えながらスープ雑炊の鍋を覗き込み、ふう、と額の汗を拭《ぬぐ》った。いや、ソレ俺たちのだから！

「ちょっ、メリーメリー先生っ！　あなた生徒の食事に何してるんですかっ」

「あぁーー⁉　私の雑炊ーーー！」

引きずられていくメリーメリー先生の悲痛な叫びが、尾を引いて遠ざかっていく――先生は、それでもなお、唐揚げの皿だけは離さなかった――。

「え、えっと、うちの担任がすみません……」

ユータが少し顔を赤くして謝罪した……保護者はどっちだ。

「と、とにかく……冷めないうちにどうぞ」

そう言うと、ちょこんと自らも腰掛けて、両手で椀《わん》を抱え、ふうふうと冷ましにかかった。

「く、食って……いいのか⁉」

「もちろんだよ？　もし食欲なかったら先生に――」

「絶対渡さん‼」

くわっと目を見開くと、あの先生に奪われてたまるかと、各自がっちりと皿を抱え込んだ。

「うっ、ふぐっ……うめぇ、うめぇ！」

「野外でこんな……そうか、このために獲物は必要だったんだ。俺が間違っていたんだ……」

泣きださんばかりに喜んでむさぼる面々に、ユータはにっこり笑った。

「お外で食べるごはんって美味しいよね！」

絶対ソコじゃない！　誰もがそう思ったけれど、飯を掻っ込むのに忙しく、突っ込む余裕のある者は1人もいなかった。

――5組と合同訓練をすると、生徒の実力が飛躍的に伸びる。それはもう、間違いなく。

合同訓練を終えて以来、他のクラスの成長はめざましかった。何かに突き動かされるように訓練に身を入れ、実地訓練では以前の怯えた行軍が嘘のように、その目はぎらぎらと輝き、なぜか積極的に魔物との戦闘をこなすようになった。そう、なぜか……。

「くっ！　そっちに唐揚げ行ったぞ！」

「おう！　任せろ！　絶対確保する！」

「あっ、あそこ！　肉団子よ、早くっ！」

「待って！　火魔法はだめ、お肉が固くなっちゃう」

「お願い、こっちの鍋も作って！　どうしても歪んじゃうの！」

「くそ、もっとじっくり焼かねえと……火魔法のコントロール、もうちょい頑張るか……」

違うんだなぁ、そうじゃないんだ。先生たちは思った。思ったのと違う、と――。

5章　アンヌちゃんの瞳

『おさんぽ、楽しいね！』

ルンルンと軽い足取りで歩くシロに、街行く人がギョッとしては、背中に乗ったオレを見て安堵する。

目立って恥ずかしいんだけど、怖がられないために、こうしてシロに乗って歩いているんだ。

オレと一緒にいる光景を見慣れたら、そのうちシロだけでも怖がられなくなるんじゃないかな？　でも、そのためには野良《のら》の魔物じゃないですよっていう目印が必要だよね。

「こんにちはー！」『こんにちはー！』

「はいよ！　いらっしゃ……ビックリしたぁー！」

やって来たのはあの幻獣店、シロがつけられる目印があるかなって探しに来たんだ。

「ん？　んん？　その子って……まさか!?」

う……さすがは幻獣店の店長さん！　もしやシロのこと、バレたんだろうか……？

「シ、シーリアさんお久しぶり！　この子はシロっていうの。大きな犬でしょう！」

犬、と強調して先制攻撃を放った。シロは問題なく犬ですけど、何か？

「あ……犬？　そう、だよな！」

『そう！　ぼく犬なの、よろしくね！』

ぶんぶんしっぽを振ってにこにこするシロに、シーリアさんは目尻を下げて屈み込んだ。

「うわー大きいけどかわいいな！　サラッサラだ！　人懐っこい子だなーよしよーし！」

『えへへっ！　撫でてくれるの？　ありがと！　シロはいい子だよ！』

ポニーテールを揺らして、わしゃわしゃと撫で回す姿を見る限り、すっかり疑念を忘れ去ってくれたみたいだ。シロも嬉しそうに、ぺろりとシーリアさんのほっぺを舐めた。

「あのね、シロと一緒にいたいから、街を歩いていても怖がられない、目印みたいなのないかなと思って！　他の従魔術士とか召喚士の人はどんな風にしてるの？」

わしゃわしゃタイムが一段落した頃合いで声をかけると、やや残念そうな顔でシーリアさんが立ち上がった。

「そうさなー、一番多いのは首輪だな。簡単だし邪魔になりにくい。あとは腕輪とか耳飾りとか……魔物用の防具なんかもあるよ！」

「へえ～色々あるんだね！　シロはどれがいい？」

『んー、ぼく何でもいいけど、首輪は前につけてたから違うのも試してみたいなぁ』

『シロ！　あれにしなさい！　あれがいいわ！』

割り込んだモモが一生懸命示しているのは、腕輪かな？　いや確かにカッコイイけど、お、お高いんでしょう……？　そーっと値札を覗いてみたら、少なくともルーのブラシよりはお手頃だった。以前のお金の残りでなんとか買えるけど、そうすると手元にほとんど残らないな。実はロクサレン家からたくさんお小遣いを渡されるのだけど、やっぱり居候《いそうろう》しながらお小遣いまでもらっちゃうのは抵抗がある。カロルス様は、「小遣いじゃねえ！　てめえの金だ！　その一部だ!!」なんて言って怒るんだけど。

腕輪の前でうんうん唸っていたら、シーリアさんがひょいと上から覗き込んだ。オレの目の前に、はらりと落ちたベージュの毛束が揺れる。

「これかあ！　なかなかいいセンスだな、確かにシロによく似合いそうだよ。で、高いってか？　そりゃ子どもが買う値段じゃないよな」

チラリとシロを見たシーリアさんは、なあに？　と首を傾げる姿にでれっと相好を崩した。

「じゃ、じゃあさ！　このシーリア姉さんがプレゼントとして半分出しちゃおっかな？　そしたらさ、その、また……また店に来てくれるかなー、なんて！　あははっ……」

ちらちらとシロを見ながら頬を染める様子は、どこの女子高生!?　と突っ込みたくなる。シーリアさん、本当に幻獣たちが好きなんだね。

『えっ……ぼくに？　プレゼントくれるの？　わあい！　お姉さんありがとう！』

「わわっ？　もしかしてシロ、私の言ったことが分かったのか？　うおお！　なんってお利口《りこう》なんだ！　いや私はむしろ全額出したい！　出したいけど！」

　プレゼントと聞いて、大きな耳をぴくりとさせたシロが、大喜びでシーリアさんにじゃれついた。シーリアさんの中では店長としての矜持《きょうじ》と、恋する（？）乙女のハートがしのぎを削っているようだ。

「えっと、シーリアさん、いいの……？」

　だらしなく、えへへぇと緩んだ顔は見なかったことにして……お店屋さんなのに商品をプレゼントしていたら、食べていけなくなっちゃう。

「へへへ……あ？　うん？　もちろんいいさ！　お得意様になってくれるんだろ？　贔屓《ひいき》にしてくれよ！　冒険者になっていい素材を安く譲ってくれたら、なおいいな！」

　シロを抱え、シーリアさんは豪快に笑った。その間も休みなくしゃかしゃかと動き続ける手は、まるで別の生き物のようだ。

『じゃあ今度シロがお姉さんにプレゼントするね！　お姉さんは何が欲しいの？』

「シーリアさんの必要な素材って、何があるの？」

「んーそうだな……皮系統とか小さい魔石とか、加工して使えそうなもんだな！　この店で売ってるやつさ、私が作った装備だってあるんだぞ！」

「そうなんだ！　シーリアさんすごい！　もしかして加工師？」

「いやー本来従魔術士だし、加工師って名乗れるほどじゃないけどさ、手先は器用なんだよ！」

おお、それはラキが喜びそうだ。今度連れてきてあげよう！　魔物用の装備だと人間用ほど見た目に気を使わないし、練習には向いているかもしれないね！

『主、主！　見て見て、これ見て！』

いつの間にやら、チュー助が商品棚の隅の方でぴょんぴょんしていた。

「おお？　人語を話す下級精霊？　すごいっ！　ぼっちゃんそんなのも連れてるのか！」

シーリアさんがチュー助を見て感動している。ねえ、シロは覚えたんだから、オレの名前も覚えてね？

『これ見て！　俺様にピッタリじゃない？　そうじゃない!?』

おヒゲをピンと上向きに、くいくいとオレの袖を引いて示しているのは――人形の服？

「あ、それは……半分以上趣味かな。こいつに着せたらかわいいかなって思ったんだけど、着てくれないんだよ」

シーリアさんは胸ポケットから覗く、小さな頭をつついた。確かシーリアさんの従魔、ルルだ。ルルは気に入らなかったみたいだけど、チュー助はすっかり服に釘付けだ。

「それ、ルルのお古で売り物じゃないんだ。ネズミ君が欲しいなら、また入荷しとこうか」

「クイッ！　クイクイ！」

ルルがポケットから飛び出すと、ピョイピョイと商品棚を伝ってチュー助の側まで来た。がさごそとお古の服をあさったかと思うと、さっと1枚取り出して見せる。

『おおっ！　いいなーいいな！　俺様も欲しい！』

足をぺたぺたさせて羨ましがるチュー助に、ルルは小首を傾げてそっと服を差し出した。

『え？　俺様に……くれるの？』

「お、ルルからプレゼントか？　そんなこと言ってお前、自分が着たくないからだろ！」

シーリアさんがつんっと鼻先をつつくと、ルルはぐいっとチュー助に服を押しつけて胸ポケットに戻っていってしまった。

『俺様、もらっていいの……？』

チュー助は膨らむ期待に瞳をきらきらさせて、シーリアさんを窺《うかが》った。

「ふふっ！　いいともさ！　ルルからのプレゼントだ。大事に使ってくれよ？　着てるとこ見せてくれると、お姉さんは嬉しいな！」

『よし、分かった！　俺様が今すぐ着てやる！』

ぱあっと顔が輝いたチュー助は、いそいそと袖を通し始めた。チュー助がもらったのは、冒険者風のシンプルなベスト。服を着た二足歩行のネズミ……そのままアニメに出てきそうだ。

ベルトとかちっちゃい短剣があったら喜ぶだろうな。その足ではズボンは履《は》けないだろうけど。

『見て！　主、見て！　俺様、カッコイイ！　素敵ー、忠助最高!!』

気取ってポージングするチュー助があまりに可笑しくて、オレは笑いを堪えるのに必死だ。

隣では、シーリアさんが吐血しそうな様子で悶絶《もんぜつ》していた。

「――また来てくれよ～！」

切ない顔をするシーリアさんを振り切って、買い物を済ませたオレたちは店を出た。

――そう、浮かれ度ＭＡＸのシロに乗って……。

『ぼく、カッコイイね！　ねえモモ、似合うでしょ？』

『はいはい、そうね、そのくらいにしてちょっと落ち着きなさい。ゆうたが酔いそうよ』

ルーってさ、落ち着いてるよね……乗り手への配慮もさることながら、騎乗するには、落ち着いた性格の生き物でないといけないんだね……。ぴょんこぴょんこ跳ね回るわ、突然方向転換するわ……シロさんや、オレはリュックじゃないからね。もうちょっとばかり気を配ってくれないかな？　幸いティアのおかげなのか、酔いはしないけれど……。

騎乗スキルがぐんぐん伸びていくのを感じつつ、オレたちは屋台のある通りへやってきた。

こういう時はシロが便利だ。美味しい匂いのするところへって言えば迷うことないもんね。

「さあ、お昼ごはんだ！　シロ、どれが美味しそう？　いくつか選んで秘密基地で食べよっか！」

『美味しい匂いがいっぱいだよ！　ぼく、ゆーたのごはんが一番美味しいと思うけど、この中で選ぶならねー』

シロが真剣にお店を厳選する。きっとお肉系ばっかりになるだろうから、オレは野菜系を適当に見繕《みつくろ》った。だいぶ寂しくなってきたお財布の中身に、早く冒険者登録したいと切実に思う。

『ここ！　ここのがきっと美味しいよ！　これ食べよう！』

『いいわね！　私も賛成！』

『最高の至高！　俺様もここがいい！』

頭に桃色スライムとネズミを乗せたフェンリルが、あっちを覗き、こっちを覗き……。オレが野菜スティックを買う間に色々と目星をつけてきたようだ。ついでに注目も集めてきたので、購入したらそそくさと退散した。ある程度見慣れてもらう意味も込めて、街歩きをしているのだけど、あんまり目立つのも恥ずかしい。

『あれ……？　ゆーた、ちょっと待っててね』

シロがそう言うなり、ぴゅんとどこかへ行ってしまった。腕輪を着けているとはいえ、あまり1人でうろつくと危ないよ……主に街の人が。

――ラピスが見てきてあげるの！

傍目《はため》にはオレ1人だけど、実はたくさん人手（？）があるからすごく便利だ。レーダーの範囲を広げてラピスとシロを捕捉すると、少し離れた路地裏にいるようだ。走れば速いのに、ゆっくりと歩いて戻ってくるのを不思議に思った。

――ユータ、シロが迷子を見つけてきたの。

「つく……うっく……」

『ゆーた、ただいま！　この子が泣いてたんだよ』

シロが背中に乗せて慎重に運んできたのは、2歳くらいの女の子だ。しゃくり上げてはいるものの、もう泣いてはいない。

「こんにちは！　急にごめんね、びっくりしたでしょ？　どうして泣いてるの？」

「いっく……ひっく……ままが……。うぇ……うえぇ……」

せっかく止まった涙が、大きな藤色の瞳からぽろぽろと溢れてきた。ああ！　ご、ごめんね……こういう時はティアだ！　ティアはすぐに察して、チョンと女の子の手に乗った。

「ピピッ？」

「わあ……とりしゃん！」

女の子は目をまんまるにすると、ティアを両手で包んで頬を上気させた。

「この子はティアっていうんだよ。君のお名前言えるかな？」

「てぃあ……アンヌの、おままえは、アンヌっていうの」

「ちゃんとお名前言えたね！　どうして泣いていたの？　ママとはぐれちゃった？」

「ちがうの……ママがかくしたの。でてきたらままがいないの」

ふむ……全然分からない。とりあえずママを探せばいいのかと尋ねると、アンヌちゃんはこっくり頷いた。「アンヌちゃんをなぐさめ隊」にティアとモモとチュー助を任命して、ウチの優秀な警察犬ならぬフェンリルさんに頼ってみよう。

「ねえシロ、アンヌちゃんの匂いでお母さんを探せないかな？」

『うーん、人がいっぱいいるからどうかなぁ？　でもぼく、やってみる！』

さっそくアンヌちゃんを見つけた路地裏に戻ると、アンヌちゃんは「なぐさめ隊」に任せて捜索《そうさく》開始だ。すっかりご機嫌でモモを引っ張って遊んでいるので、しばらくは大丈夫だろう。

念のためにラピス部隊もつけておいて、オレとシロは匂いを辿る。

『あ、けっこう簡単だった！　ゆーた、乗って！　走っていくよ』

「うん！　でもみんながビックリするから、あんまり速く走らないでね」

『わかった！』

とてとてと小走りするシロに乗って通りを抜けていくと、シロが首を傾げた。

『ゆーた、あのね、ママさんだと思う匂いに、違う匂いがずっとついてきてるの』

「ついてきてる？　どういうこと？」

『分かんないけどね、ママさんはあっちこっち行って、一生懸命隠れようとしてるみたい』

「誰かから逃げてるってこと？　トラブルかな……。もし相手が悪者なら、のんびりしていられない！　シロ、急ごう！」

ウォウ！　と応じると、シロは猛然と走り出した。さらさらした毛並みに身を伏せて、しっかりと掴まると、ひょいひょいと屋根を越え、あっという間に街外れだ。

『――!!　ゆーた、多分、ママさんの声！　きゃーって、誰かーって言ってる』

「――っ!?　シロ、オレを降ろして先に行って！」

言いながら飛び降りた。シロ単体の方が絶対速い！　状況が分からないから、ラピスを行かせられない。悪人ならともかく、誤解で一般人を黒焦げにとか、目も当てられない……。

一陣の風になって消えたシロを追って、オレも走った。とある建物の中、そこにシロがいる。息を切らせて駆けつけると、そっとラピスを派遣して中の音声を拾った。

「な、なんだよこの犬！　でかい図体で……邪魔なんだよ！」

「お前追っ払えよ！」

「てめーがやれよ！」

シロは間に合ったようだ。ホッとしつつ、さてどうしようか。どうしてママさんが追いかけられていたのか分からない。どちらも傷つけずにママさんを助け出せたら、一番厄介《やっかい》がないと思うんだけどね。そのままシロに助け出してもらってもいいけど……そうだ、相手が逃げ出すようにすれば、追ってこられないしベストだよね！

（シロ、ママさんは無事？）

『うん！　怖がってるし、叩かれたみたいだけど……無事だよ！』

（じゃあそこにいる人たちを怖がらせて、そこから追い出して！）

『怖がらせるって？　どうやるの？』

（シロはフェンリルだよ？　怖い顔で唸ったらきっと逃げ出すよ！）

「ウゥーー（みんなお外に出なさーい！　怖ーいフェンリルだよー！）」

あぁーダメだ。気が抜けるほどお人好しのフェンリルには、怖い顔は荷が重い……。一応、でっかい犬が唸ってるので、怖がっていないわけじゃなさそうだけど。

「犬が怒ってるじゃねえか！　早く追っ払えよ！」

「お前、魔法使えるんだろ？　やれよ！」

ダメだ……逆に攻撃を受けそうだ。

（そうだ！　──シロ、実はシロの好きなハンバーグいっぱい作ったんだけどね──）

「ウーーー……ウ!?」

（全部……チュー助が食べちゃったんだ……）

「グルルルァ⁉　（ひどーーーーい⁉）」

「ひっ？」

「う……うわあああ！」

「おいっ⁉　待てっ！　うわぁーーー！」

よしっ！　効果は抜群だ！　全員出ていったね。シロ、ご苦労ご苦労。

『はん……はんばーぐ……はんばー……ぐ………』

「あ、あの、わんちゃん、ありがとう？　えっと、どうしたのかな？　私、行ってもいい……？」

建物内に侵入すると、すっかり落ち込んで地面に横たわっているフェンリルさんがいた。側ではは気の毒なママさんがおろおろしている。

「こんにちは！　アンヌちゃんのママ？」

ビクッとしたママさんが、振り返ってオレの姿を確認し、ホッと顔を緩めた。

「あなたは？　ここは危ないの、外へ行きましょう。どうしてアンヌの名前を知っているの？」

早くアンヌちゃんのところへ行きたいのだろう。ママさんはずっと走っていたのだろうに、腫《は》れた頬も汚れた服も、気にも留めずに走り出そうとした。

「あのね、アンヌちゃんは大丈夫。オレ、アンヌちゃんに聞いて、ママさん探しに来たんだよ。

アンヌちゃんがビックリするから、これ使って？　痛かったでしょう、大丈夫？」

「アンヌは安全なところにいるの？　でも……他のヤツらに見つかったら……」

気もそぞろのママさんに回復薬を渡したら、壁を向いてぺたんこに横たわっているフェンリルさんに声をかけた。

「シーロ、ごめんね、チュー助が食べたなんて嘘だよ！」

ひしゃげた耳がぴんっと立った。はた……はた……と微《かす》かにしっぽが動き出す。

「実はまだ作ってなくてね」

はた……。

「今日作ろうかなって思ってるんだ！」

ぶんぶんぶん！

『今日はハンバーグ!?』

しゅぴっと起き上がったシロは、耳もしっぽもシャキーン！　だ。

「うん、今日はハンバーグにしようか！　お肉があるかなぁ……」

『ハンバーグぅ！　ハンバーグぅ～！』

足取りも軽く、シロはまるで気取った猫のように、胸を反らしてしっぽを立てて、ぐるぐる円を描いて行進している。そんなに楽しみにしてたんだ……ちゃんと気合い入れて作るよ。

「……あのわんちゃんは、あなたのとこの子？」

「う、うん……」

「随分と……そのー、表現の豊かな犬ね。でもあの子が飛び込んで来てくれて、本当に助かったわ。すごい声で唸ってくれたおかげで、あいつら逃げていったの。ありがとう！」

「たまたまだよ！　アンヌちゃんの匂いがしたから、飛び込んじゃったんだ」

「あなたもまだ小さいのに、随分しっかりしてるのね！　小人の血が混じってるの？」

「混じってません……」

何気なく投げられた言葉はオレにサクッと命中。小人、か――。もしかして……もしかしてだけど、オレって平均より小さかったり……？　今度はオレが壁を向いていじけたい気分だ。

『帰ろ！　帰ろ！　ハンバーグぅ！』

「きゃあっ？」

ご機嫌なシロはそんなオレに構うことなく、ひょひょいっとオレとママさんを背中に放り投げると、『ハンバーグぅ！』の節に合わせて、妙にリズミカルに歩き出した。

「きゃ……あわわわ……？」

ママさんは、突如ステップを踏む犬に乗る羽目になって大混乱だ。そっとシールドでサポートしつつ、リズミカルにアンヌちゃんのところに向かった。

「ねえ、どうしてアンヌちゃんを置いていったの？」

「怖い人たちに追いかけられていたの。隠れていてって言ったのだけど……出てきちゃったのね」

「どうして追いかけられてたの？」

「さあ……？　私たちは、何も悪いことはしていないのだけど――」

ママさんは微笑んだ。

「マ、ママぁーー‼」

「アンヌ！　ああ、よかった……！」

シロに乗って戻ってくると、アンヌちゃんはチュー助を放り出してママさんに飛びついた。

『ひどい……主！　俺様、特別手当を要求す――な、何？　何事⁉　俺様シロさんにめっちゃ睨まれてる気がするんですけどぉ⁉　俺様の小さなかわいい心臓が、圧死《あっし》しそうなプレッシャーを感じるんですけどぉ⁉』

言うなりチュー助は、しゅばっと短剣に引きこもった。

「シロ、チュー助は何もしてないよ？」

『うん……そう、そうだったね』

ごめんねチュー助、ちゃんとハンバーグ、大きいのあげるからね。

「よかった……無事だったのね」

「うん！　ふわふわのとりさんとね、ピンクのやわわかいボールさんとね、ネズミさんとね、遊んでたの！」

すっかりにこにことご機嫌なアンヌちゃん。よかった、「アンヌちゃんをなぐさめ隊」はきっちり任務を果たしたようだ。

「アンヌちゃんたちはどこに住んでるの？　送っていくよ？」

「私たちはこの街の人じゃないのよ。昼前にはここを出る予定だったのに……」

ここを昼前に出て、辿り着けるのはヤクス村ぐらいじゃないかな？　もしかしてヤクス村を目指していたんだろうか？　天使教効果で子連れの一家に人気らしいし。

「オレ、ヤクス村からここの学校に来たんだよ！　もしかしてヤクス村に行くの？」

「まあ、そうなの！　ええ、安全で子どもにいいって聞いたの。あなたはヤクス村が好き？」

「うん！　とってもいいところだよ！　でも今からはもう遅いよね？　大丈夫なの？」

「ええ、予定外だけど宿を取るしかないわね。あなたのお名前は？　ごめんなさい、手持ちが少なくて……今お礼をできそうにないの。ヤクス村のご家族に伝言があれば、お礼代わりに伝えられるのだけど、お手紙とかどう？」

それはいいアイディアだ。オレは明日の朝に手紙を渡す約束をして、２人と別れた。

「何を書こうかなー？」

夕食後、寮の部屋でベッドに寝転がると、教科書を下敷きにして手紙を書き始める。例のごとく、火を灯すのが面倒なので、明かりの魔法を2個ほど漂わせた。手紙なんて出さなくても、オレはフェアリーサークルで帰れるんだけど、あの親子がカロルス様に会いに行く口実になるでしょ？　領主に顔を覚えてもらうのはいいことだと思うんだ。

とりあえずは、ハイカリクで襲われていたことを書いて気にかけてもらえるようにして、あとの余白はどうしようかな。そうだ、ハンバーグをお土産につけて、レシピでも書いておこう。

「ユータがお手紙～？　珍しいね～。――ちなみにその明かりはツッコんだ方がいいの～？」

レシピを書き記すのに夢中になっていたら、ラキが覗き込んできた。

「なんだ～、お手紙じゃないの～？」

「お手紙だよ？」

「それ……お料理でしょ～？　もっと近況とか、今どんなことをしてる、とか書くものだよ～」

「そっか！　なるほど！」

と言っても、オレはしょっちゅう帰ってお話ししてるから、あまり目新しいことはない。ラキが見ていないのを確認して、結局次に帰るであろう日時を記して封《ふう》をした。ちなみにハンバーグは秘密基地で作ったよ。シロは悶絶して喜んでいて、作った甲斐があったってものだ。チュー助も自分と同じくらいあるサイズに震えていた。でも結局はお腹いっぱいだったのか、半分ほどシロに進呈していたようだ。食べ切れなかったかな？

『あんなの無理ッス……「それ、食べちゃうの？　1人で全部食べちゃうの？」って目で……フェンリルがぁ、フェンリルが見てくるッスよ。俺様には……無理ッス』

チュー助は短剣に引きこもって、何やらブツブツと呟いていた。

＊＊＊＊＊

「ユータから手紙？」

「はい、旅の母娘が預かってきたようで。こちらです」

「ふむ――ワケあり、だな。前半はな。なんだこの後半は……まあいい、話をしねえとな」

玄関先では、立ち去りたい母親と、館へ招き入れたいセデスの攻防が繰り広げられていた。

「こんにちは！　ヤクス村へようこそ、私は領主の長男、セデスといいます。うちの者が世話になったようで、さあ、中へどうぞ」

緊張した様子の母親は、飛び上がってぶんぶんと両腕と首を振った。

「えっ⁉　いえ、その、お初にお目にかかります！　お世話になったのは私の方でっ！　すみません、あの子が領主様のご子息様とは知らず――」

じりじりと後ろへ下がっていく母親と、きょとんとしたアンヌ。ふむ、こちらから攻めようかと、セデスは光量を上げてにっこり微笑んだ。

「こんにちは、僕はセデスっていうんだよ。ユータのお兄さんなんだ。美味しいものがあるから、一緒に食べていかない？」

「ユータのおにいちゃん？　おーじさまみたいね！　うん、アンヌ、たべる！」

瞳を輝かせて見上げたアンヌに、セデスはわずかに目を見開くと、優しく微笑んだ。

「い、いえっ！　本当に、まさか領主様だとは……すみませんっ！　すぐにおいとまします！」

さっとアンヌを抱えると、母親はくるっと向きを変えて脱出を図った。

「まあまあ、かわいらしい！　こちらへいらっしゃい？　ユータ様の好きなお菓子をお持ちしましょうね。そんじょそこらで食べられない、ほっぺのとろけちゃう美味しさですよ！」

「アンヌ行くの！　ママ、はなして！」

音もなく背後に立っていたマリーに声をかけられ、母親は腰を抜かさんばかりに驚いた。緩んだ腕から抜け出したアンヌが、大喜びでマリーのエプロンに飛びついていく。

「うふふっ！　おかわいらしい。旦那様もお待ちです、さあどうぞ？」

——にっこり。メイドから漂う謎の圧力……!!

アンヌを人質に取られ、母親は為す術《すべ》もなく、すごすごと連行されていったのだった。

＊＊＊＊＊

「早く早く！」

「そんなに急がなくっても大丈夫だよ〜！」

今日は３人で仮登録の申請書を提出するんだ。申請したパーティを審査されて、合格ならあとで仮登録の証をもらって、それで、それで晴れて冒険者仮登録ができるようになるんだ！

「お、君たちも申請に来たの？」

「はい！　先生〜僕たち『希望の光』パーティで申請します〜！」

「君たち３人のパーティね、はいはい、おっけーよ！」

軽い返事と共に書類を受け取られて拍子抜けだ。もっとさ、厳しいことを言われるのかと思ったけど、まあメリーメリー先生にそれは無理だよね。

「ユータ、昨日ここで何したの〜？」

「めっちゃいい匂いするんですけど！」

その後、３人で秘密基地へとやってきたところで、２人からじっとりと疑惑の視線を注がれた。おや、ハンバーグ臭が消えていなかったみたい。

「ハンバーグ作ったんだよ！　ちょっと待ってね、換気《かんき》するよ」

『ああー！　ハンバーグが……!!　待ってー、勿体ないー！』

どうやら香りを楽しんでいたらしいシロが、風を追いかけて出ていってしまった。

「はんばーぐ？　美味いものなのか？」

「ふーん……シロにはあげたんだ～？」

どうやらオレは今日もハンバーグを作らなくてはいけないようだ。お肉買ってこなきゃ……。

野菜よりもお肉の安い世界だけど、それでも軽くなったお財布に大打撃。しばらく食事は学校の食堂かな。

「で、今日は何するー？　俺、シロと訓練したかったのに、行っちゃったし」

「もう仮登録だよね～。パーティとして動けるようになったら最初の依頼とか、考えてる～？

僕、掃除はいやだな～」

「どうして？　お掃除も魔法を使ったら簡単にできそうだし、安全に魔法を試せて楽しいかもしれないよ！」

「いやー、せっかく街の外へ行けるんだぜ!?　外行こうぜ！　討伐したいなー！」

「仮登録だと討伐なんて無理かな～？　外に出る依頼だったら薬草採りとかそっち系～？」

「いいね！　お外でバーベキューしようよ！」

「「ばーべきゅー？」」

知らないの？　勢い込んでバーベキューについて説明したら、休憩所でもないお外で、そんないい香りを漂わせてお肉を焼くことは、まずないそうだ。でも、誰もやっていなくてもオレたちがやればいいじゃない！　そりゃあ森の奥でやったら危ないかもしれないけどさ！

「採取依頼だとさ、オレたちのパーティはユータの収納袋があるからめちゃくちゃ有利だな！　かさばらないし、薬草だって鮮度を保てるもんな」

「うん、でも収納だけじゃなくて、色々とユータに頼りすぎてるところがあるから……僕たちはちょっとそれに気を付けないといけないと思うよ～。ランクを上げられたら、時々他パーティと一緒に行動して、常識を忘れないようにしなきゃいけないって思ってるんだ～」

「あー……そうだな。いつまでもユータに頼ってたら成長しないもんな！」

なんだか褒められてるのかけなされてるのか……。でもランクを上げたら、ソロで他のパーティと組むっていうのもとても魅力的だ。仮登録はパーティじゃないと登録できないけど、Ｆランクに上がれたら、もう普通の冒険者だ。大体はパーティを固定するけど、ソロで活動する人も、臨時パーティを組む人もいる。

「ユータがソロになったら……Fランクの常識が覆されそう～」

「気ぃつけろよ？　便利なヤツだって狙われるぞ。お前には色々ボディガードがいるから大丈夫かもしれねーけど」

すっかり冒険者になったつもりで、今後の『希望の光』の活動について話し合うオレたち。わくわくするね～！　2人はもう仮登録に通ったつもりでいるけど、オレはドキドキだ。1年生で行う仮登録なんだから、1年生でやるべきことをクリアしていたら大丈夫って認識みたいだけど……やっぱり4歳はダメとか言われたらどうしよう……。


「えっ？　結果？　なんの？」

ちらほらと、仮登録を申し込んだ生徒の話題が聞かれるようになってきて、ウチのクラスは、申し込んだパーティ全員がクリアしているようだ。オレたちも早くから申請を出したのに……まだ審査が終わってないんだろうか？　さすがにおかしいと、少し顔色を悪くした3人は、メリーメリー先生に詰め寄った。先生……オレたちの申請書、忘れてないよね？

もしかして…………ダメ、だったの……？

「先生、僕たち結構前に仮登録の申請書出したでしょ～？　その、まだ審査の結果教えてもらってないけど……」

「えっ？　言ったよ？　先生ちゃんと言ったよ？」

「いつ！　聞いてないぞ！」

「言ったってばぁ〜！　ほら、申請書もらった時に」

えっ？　申請書を渡した時⁉　オレたちは首を傾げて記憶を辿った。

『君たち3人のパーティね、はいはい！　おっけーよ！』

「「「…………」」」

――先生？　もしかして、あれ――合格通知？　『おっけー』って……そういう意味だったの⁉　渡した時点で合格だったの？

「あなたたちが不合格だったら他に誰が合格するのよ！　そんなの最初から決まってるって！」

がくーっと崩れ落ちるオレたち。……よ、よかった……よかったけど――。

「な、なんか、やったーって気分じゃねえよな……」

「う、うん……よかったけど……」

「また今度、お祝いしよっか〜」

オレたちはなんだか妙に疲れて、部屋に戻ったのだった。

＊＊＊＊＊

「ユータが世話になったそうだな。こちらへの移住も希望しているとか。歓迎するぞ！　何か困ったことがあれば、俺に言うといい。これは異国から伝わった珍しい菓子だ、ユータが好きでな、ほら、嬢ちゃんも食うといい。そんなに畏まらんでくれ……俺は元冒険者だ、もうちっと楽にしてくれる方が助かる」

「こんな人なのでね、楽にしてちょうだい？　マナーをとやかく言ったり、言葉遣いを咎《とが》めたりすることはないから」

緊張でガチガチの母親は、少し表情を和らげた。アンヌはすっかり目の前のお菓子に釘付けだ。

「たべて、いいの？」

「おう、いいぞ！　しっかり食え！」

慌てる母親を気にも留めず、アンヌは大喜びでフードを跳ね除け、クッキーに手を伸ばした。

「あっ！　アンヌ！」

「さあ、こちらはユータ様も好きな銘柄《めいがら》でございます。香りがよろしいでしょう？　こちらのお菓子ともよく合いますよ」

マリーが母親を遮るように、サッと間に入り込んだ。紅茶を淹《い》れる手には寸分のブレもない。

「うふふっ！　女の子もかわいいわ～！　ああ～癒《いや》されるわぁ」

エリーシャはにこにこと、藤色の瞳を輝かせるアンヌを見つめた。

「………どうして？」

アンヌちゃんがフードをとった瞬間、母親が脱出を計ったのは誰の目にも明らかだった。先ほどまでとはまた違う、緊張の面持ち。けれど、打って変わって、真っ直ぐにカロルスを見つめるその瞳は、強い光を帯びていた。何を置いても子を守ると決めた、強い母の瞳。

カロルスは、ブルーの瞳を細めると、ニヤッと口の端を上げた。

「心配いらん。俺のところへ来たんだろう？　守ってやる。領主だからな！」

母親の表情はストンと抜け落ち、声もなく呆然とカロルスを見つめた。そして、ゆっくりと視線を巡《めぐ》らせる。カロルス、エリーシャ、セデス、マリー、グレイ。どの顔も穏やかに母親を見つめ、微笑んだ。

「どう、して……」

「大変だったろう、あんた1人で守っていたのか？　よくここまで来られたな。心配するな、ウチは魔族だろうがヴァンパイアだろうが、悪いヤツでなければ構わん。ただし、悪いことをすれば当たり前に裁くがな！」

わはは、と豪快に笑うカロルス。

「う、嘘……嘘よ!!」

母親の瞳が揺れ、キツく唇を噛みしめた。信じまいと、白くなった拳が震えていた。

「おう、スモーク！　出てきてやれよ！」

「うるせえ！　なんで俺が……」

言いつつも、突如柱の陰から現れた男に、母親がビクリと肩を揺らした。

「――!?　あ、あなた……その、瞳――!?」

大きく見開かれた瞳は、じっとスモークを見つめ、その頰には雫《しずく》が伝ってぽたりと落ちた。

「そんな……ほんとう、に……？」

「うっ、ほら、泣いたじゃねえか！」

「お前は〜、もうちっと優しい言葉をかけられねえのか……」

「ママ？　ママ？　どうしたの？　これ、おいしいよ？　ちゃんとママのぶん、のこしてあげるからね？　泣かないで？」

静かに涙を溢れさせて震える母親は、お菓子で頰を膨らませたアンヌを見て、聖母のような微笑みを浮かべると、ふいにくたりと力を抜いた。

崩れ落ちる体を支えた腕は、瞬時に移動したスモークのものだった。

「おいっ、早く受け取れ！」

まるで嫌なものでも掴んでしまったような声音に、一同が苦笑する。

「ママ⁉　どうしたの⁉　ママー！」

完全に力の抜けた体を、マリーが軽々と横抱きにして、慌てたアンヌがすがりついた。

「アンヌちゃん、大丈夫。お母様は疲れて眠っているのですよ。お菓子はもういいですか？　一緒にお部屋に行きましょうか。ちゃんとお部屋を用意してありますからね」

「うん……」

張り詰めた糸がぷつりと切れた母親は、アンヌと共に一室をあてがわれた。

「――魔族の子かぁ。ママさん、よく1人で頑張ったね」

「苦労したんだろうよ。昨日も襲われたんだ、しばらく眠っていないんだろう」

「ユータちゃんがいなかったら、昨日で終わっていたでしょうしね」

「これからいかが致しますか？　村民も新しい者が増えつつあります。旧村側はある程度大丈夫でしょうが……新村では時々トラブルも起きていますよ？」

グレイの問いに、カロルスが天井を見上げてがりがりと頭を掻いた。

「そうだなぁ。面倒だ、悪いことをしないヤツなら、どんなヤツでも来いって言っとくか！　それが嫌なヤツは出ていけば楽でいいな！」

「横暴ですねぇ……」

「でも、今ヤクス村は人が増えすぎる傾向にあるし、例え村民がいなくても収益がある状態よ。ここらで方針を立てて、ある程度選別するのもありかもしれないわね」

「そうですな……『天使教』にかこつけて宣言するのもいいかもしれません」

「なるほど！　天使の守護する土地だもん、罪なき者は分け隔てなく受け入れるって感じ？」

その時、部屋の中央にふわりと光が灯った。

「ただいまー！」

当たり前のように現れたユータは、館の主要人物が勢揃いしていることに、ちょっと驚いた顔をした。

「あれっ？　どうしたの？」

「どうしたじゃねーよ！　毎回何かしらトラブルを持ち込みやがって」

「あ、2人のこと？　無事に着いたって聞いたよ～ありがとう！」

「ユータは知ってたの？　手紙は食べ物のことばっかりで、魔族のことは書いてなかったけど。そうそう、あれ滅茶苦茶美味しかったよ！　はんばーぐ？　最高だね！」

「魔族？　知らないよ？　そうでしょ、ハンバーグって最高なんだ！　あれにね、チーズ入れて焼いてもすっごく美味しいんだよ！」

「おお⁉　その作り方もジフに伝えてくれ！　よし、明日はチーズの入ったやつにしようか。

あれはいい！　柔らかすぎて物足りんところもあるが、それを補って余りある美味さだ！」

「それよりも、ユータちゃんが帰ってきてくれて嬉しいわー！　ユータちゃんの作ったハンバーグも食べてみたいの！　また一緒に夕ごはん食べましょうね？」

どうやらロクサレン家にとっては、魔族よりもハンバーグの方が優先事項らしい。

「てめーら！　あいつらのことはもういいのかよ!?」

痺れを切らしたスモークが割って入る。

「まあまあ、自分が食べられなかったからって……」

「違うわ!!」

スモークは皆と一緒に夕食を食べようとしないので、食いっぱぐれたようだ。ユータは今度チーズ入りで作ってあげようかな、などと考え、くすくす笑った。ところで、魔族とハンバーグに何の関係があったのだろうか？　ユータはカロルスを見上げた。

「へぇー！　アンヌちゃんって魔族だったんだ。知らなかったよ！　どうして分かるの？」

一通り説明を受け、ユータは擦り寄ってきたプリメラを撫でながら、首を傾げた。

「目だ。紫の目に縦の瞳孔《どうこう》は魔族の証《あかし》だからな。あの子は血が薄いんだろう、色は淡いが……知っているヤツが見ればすぐに分かる」

「そうなんだ！　じゃあ、スモークさんも魔族なんだね～オレ、それも知らなかったよ」

「――で⁉」

ふうん、と流してプリメラとじゃれるユータに、スモークが食ってかかる。

「えっ？　何？」

「え、じゃねえよ‼　俺は魔族だっつってるんだよ‼」

「う、うん……？　えーと――ごめんなさい？」

何か怒られることをしたのかと、困惑顔でひとまず「ごめんなさい」するユータ。

「ぶっは！　ちげーよ！　こいつはお前が怖がると思ってんだよ！　おバカなヤツだから！」

「そ、そうなんだ？　スモークさんは確かに怖い顔だし、話し方も乱暴かもしれないけど……でもキースさんの方が怖いと思うよ！　大丈夫！」

今更？　という顔で慰めるユータ。案外気にするタイプなんだ、実は繊細な人なんだね、なんて思っていることもありありと顔に出ている幼児。違う、根本的に違う。

「こ・の・野郎～！」

「ちょっと！　八つ当たりしない！」

ほっぺをぎりぎり引っ張られて涙目になるユータ。よく分からないが何かとばっちりを受けているようだと理解し……ただし、それもちょっと違う。

「ユータ、魔族との諍《いさか》いは習ったでしょ？　今も仲が悪くてね～魔族の国に人がいたら危険だし、人の国に魔族がいたら迫害を受けるような状況なんだよ。魔族って魔力が高いから、悪いヤツらに見つかったら『紋付き』にされちゃうことが多くてね……」

「え！　そうなんだ……アンヌちゃんたち、大変だったんだね。それで追いかけられてたんだ」

ごく自然に信頼を込めて、ユータはカロルスを見つめる。ここでは、大丈夫なんだよね？真っ直ぐな視線を受け止めたカロルスは軽く頷いた。

「うむ、ヴァンパイアの件もある。そろそろ天使教についても報告があるし、一度王都で話をつけてこようと思ってな――エリーシャが」

「エリーシャ様、大丈夫なの？　怒られる？」

「うふふっ！　心配いらないわ。私は王都では結構有名なのよ？　任せてちょうだい」

頼もしいエリーシャに、ユータは尊敬の眼差しを向けた。一方、こういう時はほとんど役に立たないカロルス。王都にはエリーシャとグレイが行くようだ。

前衛と後衛……大丈夫だよね？　戦いに行くんじゃないよね？　少し不安を覚えたユータは、ラピスにも行ってもらおうと決めたのだった。

＊＊＊＊＊

——私1人で、この子を守り抜けるだろうか。せめて、人の少ない安全な土地へ——。

天使様の噂を聞き、一縷《いちる》の望みをかけた逃避行は、あえなくハイカリクの街で潰《つい》えるところだった。不思議な白い犬と子どもに助けられ、首の皮一枚繫がった状態で、導かれるように辿り着いたヤクス村。

でも、ここまで来て貴族に見つかってしまった。きっと、天使様は魔族を嫌がったのだ……。

それなのに。打ちひしがれ、ひび割れた心に、欲しかったその言葉はあまりに毒で——ともすれば崩れそうな意識を必死に繫いで抵抗を試みた。もう、騙されるわけにはいかない。

守ると——言った。魔族の子を、私を、守ると言った。その大きな姿は、私にはまるで守護神のようだった。そして、それは甘いだけの嘘ではないと証明した。はっきりと魔族の特徴を示す彼と、幸せそうにお菓子を頰ばる娘に、私は安堵のあまり、ついに意識を手放した。


——頑張ったんだね。大変だったでしょう……ゆっくり休んでね。ここなら大丈夫だよ——。

極度の疲労にまぶたが上がらない。心地よい微睡《まどろ》みに身を委ねていると、幼い声が聞こえた気がした。途端に、ふわりと温かく清浄な気配が身を包んだ。うっとりと再び意識を手放しそうになって、私は慌てて跳ね起きた。

「あ、アンヌ⁉」

がばりと起き上がった拍子に、ふかふかのベッドが揺れて、隣で眠るアンヌが身じろぎした。

真っ暗な部屋の中には誰もいない。

「……天使、様？」

あれほど、鉛のように重かった体も、心も、浮き上がるほどに軽くなっていた。

ああ、天使様は、魔族を嫌わなかったんだ……よかった……よかった……。強くなると決めた日から、泣くことなんてなかったのに。優しさに包まれて、私は泣き続けた。涙が、こんなに温かいなんて――。

＊＊＊＊＊

アンヌちゃんたちに、そんな辛い事情があったなんて。

『私たちは、何も悪いことはしていないのだけど……』

そう言って微笑んだママさんを思い出して、胸が痛かった。これからは、安全なところでのびのび生活して欲しい。どうか、村の人たちに受け入れてもらえますように……。

せめてオレにできることを、と、眠るママさんたちに回復を施《ほどこ》して帰った。あとは、エリーシャ様の腕にかかっている。どうしよう、これでみんなが王様に怒られたりしたら……。

――王様がそんな人なら、ラピスたちが全部全部吹っ飛ばしてあげるの！　ユータを悲しませたら、許さないの！

あ、ありがとう。気持ちだけ受け取っておくね？　気持ちだけね⁉　ラピス部隊の全力、確かにドラゴンが王都を襲うのに匹敵するかもしれないもん。頼もしいけど、絶対やめてね⁉

「どうしてみんなで生きていけないんだろうね……」

オレは、ぽふっと黒い毛皮に顔を埋めた。目を閉じて、温かく力強い鼓動に身を委ねる。

『そんなヤツら、主がぶっ飛ばしちゃえばいいじゃん！』

「ふふ、チュー助まで。そんなことしないよ」

『なんで⁉　主ならできるでしょぉ？』

「気に入らない人をみーんな取り除いても、きっとまたその中に気に入らない人が出てくるんじゃないかな。別にね、仲良くしなくていいんだ。でも、そこにいることはお互いに認められたらいいのになって思うよ」

『ふーん？　じゃあ俺様、スープのお豆が嫌だったけど、入ってることは許すようにする！』

「ふふっ……それは偉いね！」

人の多様性は大きな武器で、大きな弱点でもあるのかな。法律ってそのためにあると思うんだ。合わない人同士であからさまな被害が出るのを防ぐために。でも、この世界では法律の支配がとても弱い。こういう時にこそ宗教が有効なのかもしれないなぁ……。

少し辛くなった気分を紛らわせようと甘えるオレに、ルーは何も言わなかった。そう、ルーみたいに生きられたらいいのにな。一定の距離を保って、どんな者も完全には拒絶せずに見守っている——これが神獣、なのかな。ぎゅっと強く抱きしめたら、ルーはちらりとオレを見た。

「あ、痛かった？」

手を緩めようとしたら、ふさふさのしっぽが、ぐいっとオレの後頭部を押さえつけた。まるで抱き寄せられるように、ふかふかの毛皮に押さえつけられて、きょとんとする。

『てめーの力で痛いわけねー……そうしてろ』

そっぽを向いたルーの、精一杯。思いがけない言葉にビックリして……そして、温かな心がじわっとオレを満たした。ふわりと自然に零れた笑顔は、心が安定した証。

「うん……ルー、ありがとう」

もう十分に満たされたけど、お言葉に甘えて柔らかな被毛にしがみついた。心地いい……ルーの大きな気配に包まれて、守られている安心感。ルーみたいに、カロルス様みたいに、大きな器になりたいなあ——。

「……あ、あれ？」

目が覚めたら、ルーではなくてシロに包まれて眠っていた。いつの間にか寮のベッドに戻ってきていたようだ。

——ルーが布団で寝かせてやれって言ったの。

ふふ、ルーはいつもぶっきらぼうだけど、そういうところはとても繊細な気配りができるんだよね。学校があることも気にしてくれたんだろう。

「ラピスが連れて帰ってくれたんだね！　ありがとう」

嬉しげなラピスを撫でて、あったかいシロから身を離すと、柵を支点にくるっと回ってベッドから下りた。みっちり詰まったシロがベッドからはみ出していて、くすりと笑った。

先輩2人のベッドは既に空だ。2人は割のいい依頼を探すために早くに出て、依頼を受けてから帰って二度寝することが多い。オレも冒険者登録したらそんな生活になるのかな。

昨日はルーのところから寝入っちゃったから、ぐっすり眠ってお目々ぱっちりだ。ベッドはシロが占領しているし、ラキを起こさないようそっと部屋を出た。まだ授業までに時間があるし、入り損ねたお風呂でも行こうかな。きっと今は誰もいないから、ゆっくりできるだろう。

予想通り誰もいないお風呂場で、オレは例のごとくラピスに見張りを頼んだ。好き放題魔法を使って楽しめる貴重な時間だもんね！　ざあざあと贅沢にシャワー魔法を使って、風呂場中を泡々《あわあわ》にして、湯船にもたっぷりとお湯を入れておいた。ぬるめのお湯に入って目を閉じると、仰向けにとぷんと全身をお湯に沈めた。

オレは水中が好きだ。ゆらゆらと揺れる水中で、全身を温かいお湯に包まれて——まるで羊水《ようすい》に浸っているようだ。なんだかこのますうっとお湯に溶けてしまいそうな……。

——ユータ、人が来るよ？　どうする？

ラピスの声で我に返った。スッと意識が収束して、オレはオレに戻る。

あれっ？　今の感覚、もしかして……。ぽたぽたと雫を滴らせながら、目を見開いた。分かった、かもしれない！　オレは風呂場を片付けると、ドキドキしながら部屋へ急いだ。上気した頬は、お湯のせいだけじゃない。

そっと部屋へ戻ると、ほかほかした体でシロと一緒に布団をかぶった。心を落ち着け、目を閉じて、お湯に溶けるように意識を拡散して……。

「——転移！」

裸足の足に、ひやりとした感触。そっと目を開けると……そこは、見慣れた秘密基地。

「あ……で、できた!?　できた！　やったーー!!」

オレは1人で渾身《こんしん》のガッツポーズをとった。ついに……ついに転移をマスターしたんだ！

6章　小さな冒険者たち

転移ができるようになって、あれから色々と試してみたんだけど、オレの転移はラピスのフェアリーサークルと、ヴァンパイアの黒い霧の間みたいな感じだ。スモークさんの瞬間的な転移とは違う。世界の魔素に自分を溶け込ませて、任意の場所で再構成する、みたいなイメージなんだ。オレがしっかり相手を掴んでいたら、オレに巻き込んで他人を連れていくこともできる。ちなみにこれはセデス兄さんで実験したんだけど、ものすごく心臓に悪いからもう絶対やらないって言われた。なんだかそのまま消えてなくなってしまうような気分になるそうな。

「お前、転移はラピスに任せときゃよかったじゃねーか。そこまで規格外を詰め込まなくてもいいだろうに……」

カロルス様はそう言って呆れたけど、ラピスだと他の人を連れていけないんだもん。オレはあの孤独なヴァンパイアの王様を連れ出したかったんだから。

エルベル様、ビックリするかな？　まずは、あのきれいな泉に連れていってあげるんだ。あそこでお弁当食べたら、きっと元気になるよ。ラピスがいない、このタイミングで転移ができるようになったのは、それこそ天使様のお導きってやつかもしれないね！　ラピスは、エリーシャ様たちについていってもらってるんだ。ラピスに行ってもらうのも、それはそれで不安があるのだけども……。

『ゆーた！』『みつけたー！』『ひさしぶりー！』

転移ができることが嬉しくて、用もないのにロクサレン家と秘密基地を行き来していると、ちょうどよく妖精トリオと出会った。

「久しぶりだね！　魔法の練習はうまくいってる？」

『んーむずかしい』『もっと、やくにたつものがいい！』『ゆーたはがっこう、むずかしい？』

「ふふ、頑張ってるんだね。魔法は役に立つでしょう？　オレはまだ1年生だから、そんなに難しいことはないかな？」

『そりゃまあお主じゃからの……』

「チル爺！　ひさしぶり！　どうしたの？」

『久しぶりじゃの、お主と会うのは毎回久しぶりになるのぅ。今日は、用というほどでもないんじゃがの、前に言っておった調味料のことじゃ』

そっか、チル爺にもお醤油のこと聞いていたんだった。オレは少し申し訳なく眉を下げた。

「あ……それね、同じようなのがヴァンパイアの里であったの……」

『おやそうかの――って、なんでお主、ヴァンパイア族の里に行っておるんじゃ!? あやつらは交流を拒んで、引きこもっていたのじゃろう？』

さすがチル爺、よく知ってるね！ 妖精さんたちは特別ヴァンパイアに忌避的《きひてき》ではないそうで、「人」の一種と考えているようだ。かい摘まんでヴァンパイアたちの事情を説明すると、妖精さんたちは興味津々だ。彼らは長寿なだけでなく、他種族や世間に広く興味を持つから、物知りになるのかな？

『ゆーた、いいな！』『だんじょん！』『ぼうけんいいな！』

『とんでもないの。よくそう次々トラブルを巻き起こすものじゃ』

ついでに最近の出来事や魔族のこともお話しすると、妖精トリオは大喜び、チル爺にはため息を吐かれた。でもさ、オレって巻き起こしてるんじゃなくて巻き込まれてるんじゃないの？

「あ、それでね、この子が召喚したシロっていうんだけど……」

「ウォウッ！」

オレから飛び出してきたシロに、妖精さんたちが仰天《ぎょうてん》して天井の隅まで逃げてしまった。ぶんぶんと振られていたしっぽがすうっと下がり、ピン！ としていたお耳から力が抜ける。

『妖精さん、シロ……きらいなの？』

「だ、大丈夫！ ビックリしただけだよ！ シロ、念話していいよ！」

大丈夫大丈夫！　と慌てて撫で撫でずると、垂れたしっぽがささやかに揺れた。

『こんにちは！　妖精さんって小さいね、きれいだね！　ぼく、シロっていうの。あのね、仲良くしたいなって思ったんだよ』

シロはめげずに顔を上げると、にこっと笑った。

『しろー！』『ごめんね！　びっくりしたの！』『しろはおおきいねー！』

ぼぼふっ！　と、妖精トリオはシロのふわふわ被毛に突撃してきた。

『ちょっ！　待てっ！　フェ……フェンリルじゃぞっ！』

「あ、チル爺はやっぱり分かるんだ〜シロは元々犬だからね、フェンリルの形をしてるだけだよ！　中身は犬！」

『フェンリルの形をしていたら、それはフェンリルじゃー!!』

『チル爺さん！　ぼく、フェンリルだけど、悪い子じゃないよ！　いいこだよ！』

シロのにこにこ笑顔に、なんだか脱力したチル爺も、ふよふよと戻ってきた。

『なんでお主は普通の召喚獣を喚ばんのじゃ。おお、フェンリルとはこんなによい毛並みか！

ほっほう！　ワシはフェンリルを撫でたジジイじゃぞ！　そーれそれ！』

『うふふ！　チル爺さんのお手々、ちっちゃくてくすぐったい！』

『ふぇんりるをなでたようせいだぞー！』『だぞー！』『すごいんだぞー！』

4人の妖精と仲良くなれて、シロも嬉しそうだ。シロなりに小さな妖精たちに気を使ってじゃれているようで、危なくはないだろう。

『あ、そうじゃ。それで、調味料はもう見つかったのじゃな？　もうよいか？　ばーさんがの、黒いのは知らんが、珍しい調味料ならこれがあると言っておった。黒くも茶色くもないからのう、違うと言ったんじゃが……もらった「だし」と相性がいいから役に立つじゃろと』

チル爺たちは散々シロと戯《たわむ》れて、さて帰ろうとした時、用事のことを思い出したらしい。そう言って収納から取り出したのは、白くてもさもさした調味料？

『ワシはこれから作る酒が好きなんじゃがの、お主がもう少し大きくなったらのう……』

お酒……？　こ、これってもしかして!?

「ち、チル爺！　これ、これの元の姿ってどんなの？　植物だよね!?」

『お、おぅ？　そうじゃ、麦みたいな穀物《こくもつ》じゃよ？　麦から作る酒もまた――』

「や、やったぁーー！」

久々の！　全身イルミネーションーーン！　これ、これ――麹《こうじ》だよ！　それも、米麹だ!!　お米……お米だーー!!　チル爺ナイス！　おばあさんにもお礼しなくちゃ！

「チル爺！　オレ、この穀物すっごく探してたの！　どこで手に入るの？　なんていうもの？」

『う、うむ。これはコムじゃよ？　森人の作物じゃから、このあたりには少ないかの？　森人が作る美味い酒の材料で――』

「ありがと！　コムっていうんだね！　よーし探してみる！」

もう一度ありがとう、と、ばいばい！　と手を振ったら、厨房に突撃だ！

「転移！」

ぽつんと残されたのは、ぱかっと口を開けたチル爺と、くるくる舞う妖精トリオ。

『ゆーた、てんいしたー！』『すごーい！』『はやーい！』

『……て、転移まで……』

チル爺は、ここに来ると妙に疲れる、としみじみ思ったのだった。


「コムか、森人の作物にあるな。それが美味いのか？」

「うーん、それだけで美味しいっていうより、パンみたいなものだよ！　オレの国で毎日食べていたものなの。おだしとかお醤油とすごく相性がいいんだ」

「そうか。なら食いてえわな。ま、そんな珍しいもんじゃねえから、手に入るだろ」

「ありがとう！　またお料理教えるからね！」

お米のごはんを食べられる日も近い！　お酒用のお米だから……お味の方はどうかなぁ？　せめて麦より美味しく食べられたらいいな！　オレは和食に思いを巡らせ、にっこり笑った。

「あれ？　ユータなんで寝てるの～？　さっきからそこにいた～？」

転移でお布団の中に戻ってきたら、部屋に戻っていたラキに不思議そうな顔をされた。ラキは元々加工師の授業をとっていて、タクトは魔剣士の授業を新たにとったらしい。みんな頑張ってるなぁ。召喚の授業が終わって、暇な時間ができたのはオレだけだ。

「ユータはまだ授業決めてないの～？　いいのなかった～？」

「んー、あるんだけど、どうしようかなと思って」

実は、回復魔法の授業がもうすぐ特殊項目授業として開講するんだ。受けたいけど……オレ召喚士ってことになってるから、これ以上専門的な項目を増やしていいのか分からない。

「いっぱいありすぎるの～？」

「うーん。あのね、オレ、回復魔法の授業を受けたいと思ったんだけど……」

「……ユータ、回復魔法も使いたいの～？」

「使いたいというか……その、使えるというか」

ラキは手元の本から顔を上げて、呆れた顔をした。

「……僕たちにとって朗報《ろうほう》ではあるんだけどね～。それで、どの程度使えるの？　ちょっとした傷を治せるくらいなら、他の職業でも時々いるから大丈夫だよ～」

「う、うーーーん……」

「……ちょっとした傷以上を治せるなら、わざわざ1年生の授業を受ける必要はないと思うけど～？　もう使えるなら、回復魔法の本を買うくらいでもいいんじゃない～？」

あ、そうか！　他の人の魔法がどんなのか知りたいなって思ったんだけど、それなら本を買うだけでもいいかもしれない。

「そっか！　ありがとう！　じゃあどうしようかなぁ。貴族学も商人の基礎もいらないし……魔剣士は――やめておこうかな」

「賢明な判断だと思うよ～。ユータは1人である程度できるんだから、仮登録したらどんどん依頼受けるために空けておいて～、本買うお金を貯めたらいいんじゃない～？」

「え？　どうやって？　依頼はパーティで受けるでしょ？」

「そうだけど、街の外に出ない依頼は、仮登録のソロでも受けられるよ～？　むしろ街中のお届け物とか、パーティで受ける意味ないし～」

そうなのか！　じゃあオレ、いっぱい雑用こなしてお金貯めよう！　シロに乗ったらお届け物だって素早く届けられるよ！

「でもさ、それより、ユータはどれで冒険者登録するのか考えといた方がいいんじゃない～？」

「どういうこと？」

どうやらギルドの登録の際に、魔法使いや剣士、って職業登録がいるそうだ。依頼を持ちかけたり、パーティとのマッチングをするために必要だそうで、一応プライバシーは守られるようだけど、ギルドがバラさなくても召喚士が回復魔法を使ったりしたら、すぐバレるよね。

「僕は魔法使いと加工師で登録するよ～。タクトは剣士と魔剣士で登録するために頑張ってるみたいだね～！ 召喚士も登録したいって言ってたけど……それは止めといたよ～」

タクト……エビビは戦えないよ！ ラキ、グッジョブだ。そっか、ラキも2つだし、結構みんな色々と登録するものなんだな！

「じゃあオレも剣士と魔法使いと回復術士と召喚士、で登録してもいいかな！」

「……えーと。主職業は召喚士なんだよね？ あと回復術士なら、多少の治癒ができるくらいかなって思ってもらえるだろうから、まあいいか～。剣士も……タクトみたいなのがいるからね、見栄張って登録したんだなって思われるかな～。うん、多分、ある意味誤解してくれるから大丈夫かな～。本格的に冒険者として活動し出したら、そのうちバレるし～。目立ちたくないって言ってた割に大盤《おおばん》振る舞いだとは思うけど～。でもどうしてそんなに目立ちたくないの～？ 普通は力を示していくものだよ～？」

「だってオレまだ4歳だし、ロクサレン家に迷惑がかかったら困ると思って……」

「ふうん？ 有名になるのって迷惑かなぁ？ 普通は喜んでくれるんじゃない～？」

言われて、あれっと考え直した。そうか、みんなが心配するのはオレが頼りないせいか。執事さんも言ってたな、侮られてちょっかいを出されるくらいなら、実力を示していく。それも手かもしれない。少しずつ実力をつけて、ランクを上げて、堂々と胸を張って生きられる方が、ロクサレンのみんなにとって嬉しいことじゃないかな。

「そっか！　オレ、頑張る！　今はまだ隠しながらだけど、みんなに心配されないぐらい強くなって、全部隠さずに生きていけるようにする！」

「う……うん。ほどほどにね、バランスが大切だと思うよ～？」

「うん！　バランス、だね！」

どこか不安げなラキの視線をよそに、オレはやる気をみなぎらせるのだった。

「うおー！　いよいよ！　いよいよだぜ！」

タクトが目をきらきらさせながら、オレたちをぐいぐい押して学校を出た。

今日、いよいよ仮登録の証をもらって、ギルドへ登録しに行くんだ！　ちなみに今年の1年生は優秀で意欲もあるらしく、過去最高の仮登録数になったらしい。喜ばしいことだけど、それだけ依頼の争奪戦も激しくなるってことだ。

「あら……？　あらあらあらぁ⁉」

ギルドに入った途端、シャカシャカと接近してきた美人さん。タクトはすっかりジョージさんのことを忘れていたらしく、ビクッと飛び上がると、ラキの後ろに回り込んだ。

「天使ちゃーん！　と、お友達！」

サッとシロと入れ変わると、突撃してきたジョージさんが、まふっとシロに抱きついた。

「ウォウ！」

「わっ？　おっきなわんちゃ――わん、ちゃん……？」

「ジョージさんこんにちは！　この子はシロっていうの、大きな犬でしょ？　かわいいよ～！」

『ふふっ！　ぼく、犬だよ？　よろしくね！』

しっぽをふりふり、ぺろぺろと人懐っこいフェンリルに、ジョージさんは混乱している。

「こんにちは、僕たち仮登録に来たんですけど～」

ラキがリーダーらしく前へ出た。

「えっ、そうなの？　もう登録？　さっきも1年生が来てたのよね……なんだか今年の子は豊作ねぇ。まさか天使ちゃんも登録するなんて――大丈夫？」

「うん！　大丈夫だよ、シロもいるし！　それとね、オレ、ユータっていうの。天使ちゃんってイヤだなあ」

「まあまあっ！　きゅーんとしちゃうっ！　そう、そうなのね！　君はもう男の子なのねっ！

分かったわ、ユータちゃんっ！　それとタクト君とラキ君ね！」

オレは最初から男の子ですけど！　せっかくオレと天使教が離れたのに、ここでそんな呼び方されちゃ堪らない。どうしてオレだけ君で呼ばれないのか納得いかないけど、まあいいか。

「タクト、召喚士って書いちゃダメだよ～？」

「分かってる分かってる！」

「ユータ、できた？　見せてみて～？」

ギルドの登録用紙を書くだけなのに、ラキはとても不安そうだ。入念にオレとタクトの用紙をチェックしてくれている。

「タクト……結局、まだ魔剣士って言えないでしょ？　できるようになってから書きなよ～」

「もうすぐできるはずなんだよ！」

「じゃあもうすぐできてから、書き直せばいいよ」

「ちぇー」

ラキの添削《てんさく》を経て、仮登録の手続きを済ませると、ジョージさんはカード状の木の板を３枚渡してくれた。

「はい、仮登録のカードよ、控えはあるけどなくさないでね。なくしたらちゃんと言うのよ？説明は学校できちんと聞いてきたかしら？　じゃあ、ランクアップ目指して頑張ってね！」

「「はいっ！」」

3人はによによとしながら、ギルドの休憩スペースへ移動した。

「見ろよ、タクトって書いてあるぜ！」

「うん！　ユータって書いてある！」

「ふふっ、嬉しいね。僕たち冒険者だよ～！」

オレたちはえへへ、と頬が緩むのを止められない。

『ユータ、嬉しいの？　よかったね！　嬉しいね！』

シロはちっとも分かってないけど、とっても喜んでぴょんぴょんしている。ありがと！　でも大人しくしてね……ギルドの床がミシミシいってるから！

『それで、いつまでもニヤけてないで、依頼を探さないといけないんじゃない？　ほら、また1年生が来てるわよ？』

まふんまふんと揺れるモモが、気遣わしげに教えてくれた。

「ホントだ！　ねえねえ、依頼見に行こっか！」

やっぱりこの時間になると、めぼしい依頼はないようで、オレたちが受けられるのはお掃除や街中の荷物運び、あとはいつでもオーケーの薬草採りくらいだ。

「せっかくだから、パーティで受ける依頼がいいね！」

「外に行かなきゃ冒険者って感じしないしな！」

「じゃあ——薬草採り、に決まりだね～！」

オレたちは元気に拳を振り上げると、意気揚々と初仕事へ向かった。

「ちょっと、君たち危ないよ！　どうしたの、大人の人は？」

——なのに、胸を張って門を出ようとしたところで、ガッチリと門番さんに止められてしまった。

「僕たち、仮登録した冒険者です～！」

「薬草採りに行くんだよ！」

「おっちゃん！　早く通してくれよ！」

「あ、ああそうか、君たちは仮登録してきたんだな。でも弟を連れていっちゃダメだよ？」

弟……？　気付いた2人の視線がオレに集まった。え？　オレ？

「ちっ！　違うよ！　オレも冒険者——‼　ほら！」

頬を膨らませて怒るオレに、2人が腹を抱えて笑っている。

「そんなちっこいのにか？　本当に大丈夫なのか？　その犬がいればなんとかなる、か……？」

絶対に門の付近から離れないようにと念を押されつつ、オレたち——主にオレは、やっと門の外に出ることができた。門番さんからすごーく心配する視線を感じるので、オレはシロに乗ったまま、道すがら薬草を摘んだ。

「ピピッ！　ピピッ！」

普段は大人しいティアが張り切っちゃって、薬草を刈り尽くす勢いで指示してくるので、大忙しだ。門の付近の薬草なんてほとんどないだろうと思ったけど、意外とあるもんだね。

「ユータ……集めるの早すぎるよ～」

「俺まだ3束しか見つけられないぞ！」

「タクト、それ薬草じゃないの混ざってるから」

オレには薬草探知機ティアさんがいるから、薬草の依頼なら完璧だ。でも、おかげでオレ自身も結構見つけるのうまくなってるんだよ。先にティアが見つけちゃうから活躍できないけど。

「このくらいで十分？」

「十分すぎるよ～！　そうだ、報酬《ほうしゅう》の分配ってこれからどうしよっか～？」

「お、そうだな！　冒険者らしい話題だな！」

薬草も集まったので、外壁近くの草原に布を敷いて、のんびりとおやつタイムを楽しんだ。甘いパウンドケーキと、果物の皮を漬け込んだ紅茶をよく冷やしていただく。

「あーうまー！」

「ホントに美味しい～！」

『私この紅茶好き！　また淹れてね！』

『俺様は紅茶も甘い方がいい！　でもケーキうまーい！』

シロはぱくっと一口で食べると、遊びに行ってしまった。さっきから門番さんに凝視《ぎょうし》されているのが気になるけど、やっぱりお外でのんびり食べるのっていいよね！

「それで、報酬の取り分、最初に決めておこう～！　僕たちの実力じゃ、今のところダントツでユータが稼いじゃう形になると思うんだけど……ユータが半分、僕たちが残り半分を分けるって形はどう？　もっとユータに渡す方がいいと思うんだけど、僕、計算が難しくて……」

「俺はなんでもいい！　でも剣買ったりしたいもんな！　ちょっとは欲しい！」

「えーオレだけ多いのってなんかイヤだな！　みんなで分け分けすればよくない？」

「お前それでいいのか？　薬草なんて見ろよ、お前9割採ってんだぞ？　戦闘とか料理とか、お前1人でもいいぐらいだし」

「そうなんだよね～しかもいろんな職業を持ってるから何人分も活躍できるし、そもそもパーティが嫌になったりしない～？」

「全然！　だってオレ、みんなと冒険したい！　報酬はあんまり気にしてなかったよ。お金が欲しい時はソロで活動したらいいいんじゃない？」

「そう？　ありがとう～！　でも、さすがにどうかと思うし……僕たちの分からパーティ貯金にするのはどう？」

「それでいいぞ！　パーティのお金いるもんな！」

「それならオレの分からも出すよ！」

多分、オレは自由に外に出ていけたら、お金を稼ぐのは難しくないんだ。薬草にしろ、魔石にしろ、手に入れられるから。問題は、それらを買い取ってもらうのが難しいことだよね。子どもがそんなにたくさん持ち込んだら怪しすぎる。それもやっぱり、実力が伴えば解決していく問題だろう。

『ゆーたー！　これ、ハンバーグにしてー！』

「あ、シロ、おかえ――ええっ!?」

「うわーっ！　スゲー！　シロ何持って帰ってきたんだ!?」

「そ、それシルバーバックブル……高級肉だよ～！　どこで見つけてきたの～!?」

ちょっ……隠して！　ほら早くっ！　門番さんが腰抜かしてるからっ！　オレは大慌てで大きな獲物を収納に隠すと、額の汗を拭った。ふう、これで大丈夫。

「いや、ユータ、それ無理があるだろ。バッチリ見られてたじゃん……」

「しかもあのブルが入る収納袋って……めちゃくちゃ高性能じゃない～」

シロがご機嫌で持って帰ってきた獲物は、シロより大きな牛っぽい魔物、シルバーバックブルって言うらしい。街中でよく見かけるお肉はレッドバックブル、それより一回り大きくて、立派なツノが猛々《たけだけ》しい、いかにも強そうな牛さんだ。

『この牛さんね、美味しいお肉の匂いがしたの！　向こうの森にいたよ！』

「シロ、森って……どこまで行ってきたの～」

「このあたり草原しかないぜ？」

「こ、これどうしよう……2人とも、いる？」

「「いらない！」」

ですよね～。丸ごとはいらないよね。ジフに解体してもらおう……。

『おっにく！　おっにく！　ハンバーグぅ！』

ルンルンなシロに乗って街へ戻ると、さっきまでと門番さんが違った。

「あれ？　さっきまでの門番さんは？」

「ああ、あいつはなんか『犬が！　ブルが！　子どもが！』ってわけ分からないことわめいてたから帰らせたんだ。あいつも連勤が続いて疲れてたからなぁ……」

「そ、そそっ、そうなんだ！　お、お大事にね!?」

「おう、ありがとな！」

新たな門番さんに手を振って、じっとりした2人の視線からそっと目を逸らした。

「まだ初日なのに～」

「先が思いやられるぜー！」

くっ……タクトにまで言われるなんて……。


「す、すごいじゃない！　君たち薬草のこと、よく勉強してるのね！　偉いわ～こんなに一度に採ってこられる冒険者は少ないのよ！　しかも処理もいいし間違いもない！　もし臨時の薬草採取依頼があればお願いしようかしら！」

ラキが取り出した薬草の量に、ジョージさんが目を丸くした。このくらいならイケる！　って相談した量だったんだけど……。少し色をつけてもらった報酬は、一般的な薬草採取依頼に比べたら多いはずだ。だけど、これだけじゃ貯金していくのはなかなか厳しいなって感じだ。

「えへへ、初仕事成功！　だね。お金もらっちゃった！」

「ほぼユータの活躍なんだけどね～」

「どんどん依頼受けてこーぜ！　早くランク上げないと討伐できねーし！」

タクトは戦いたくて仕方ないようだ。でも、実力が伴わないと危険すぎる。ラピスが帰ってきたら、ちょっと訓練のレベルを上げてもらおうか。シロはつい手加減するから、訓練の相手としてはラピスとモモの方が向いている。オレの回復魔法のことも2人に伝えたし、ラピスの特訓でもし何かあっても大丈夫！　…………多分。

「ジフ〜！　これ解体してーー！」

「どれ——って!?　どうしたんだよソイツは！　最高級品種丸ごとじゃねえか！　しかも文句なしの鮮度《せんど》……！　野郎どもっ！　手ぇ貸せ！」

うん、すぐに収納に入れたから、まだ温かいくらいだ。バッと集合した荒くれ——もとい料理人たちが、よってたかって処理を始めた。

「とりあえず片っ端からお前の収納に突っ込め！　鮮度がよけりゃ何にでも使える。熟成なんかはあとで考えらぁ、とりあえず突っ込め突っ込め!!」

「え！　ま、待って！　わ、わわ……！」

オレはどんどん押しつけられる肉の塊を片っ端から収納へ放り込んでいった。スープ用とシロ用に骨も回収して、大きな大腿骨《だいたいこつ》をシロにあげた。

『おっきい骨ー！　嬉しい！　美味しい！』

うわーフェンリルすごい。カシカシして楽しむのかと思ったら、バリバリ噛み砕いてる……。

「ふーっ、いい肉だ。あとで分け前くれよ？　皮やツノはそっちに置いてある。——で、これどうしたんだ？」

「これは、シロがとってきたの」

「なんだと！　お前、いい目してるじゃねえか！　こりゃ一級品だぞ。またなんかとってきたら頼むわ。解体はしてやるから！」

『ホント？　シロ、いい目？　ありがと！』

多分シロの場合、いいのは鼻だと思うけどね。解体をお任せできるのはありがたい！　大きな牛さんのお肉はすごい量になったので、ジフの取り分と、オレたち３人の分を分けて収納しておいた。ラキとタクトには、そんなにいらないって言われるのが目に見えているので、お肉屋さんで買う程度の分量にして、残りはパーティのお肉貯金――貯肉？　だね！

この高級肉はどうやって食べようかな？　いいお肉はあれこれ手を加えるより、そのまま焼くのが一番美味しいよね！　まずは絶対ステーキだ！

「ユータ、高級肉をとってきてくれたんだって？　今夜の食事が楽しみだな！　ユータもせっかくなんだから食べていきなよ？」

「とってきたのはシロなんだけどね。う一ん、一旦学校に戻って、夕食の時に戻ってきてもいい？　あんまり学校を留守にしてると変に思われちゃう」

「おや、ユータにも少し自覚が芽生《めば》えてきたかな？　大きな進歩だよ！」

大げさに両手を広げたセデス兄さんに、頬を膨らませた。そのくらい分かりますー！

「ふふっ！　お顔がまんまるになってるよ！」

ほっぺをぷすっと突かれて、ぼひゅっと空気が抜ける。それを見てさらに大笑いされた。オレ、怒ってるんですけど⁉

「もうセデス兄さんにはお肉あげないから！」

「ええっ⁉　ユータちゃ～ん、ご機嫌直して～！」

転移の練習にまた付き合うことを条件に許してあげると、オレは一旦学校へ戻った。こんなに早く解体が済むとは思ってなくて、食べられるのは明日だと予想していたんだけどね。


部屋に戻ると、珍しくラキとアレックスさん、テンチョーさんが揃っていた。

「よっ！　冒険者仮登録できたんだってな！　おめでとうー！」

「今年の1年は大勢登録できたそうだな、随分出来がいいようだ」

「ありがとう！　テンチョーさんたちも1年生で仮登録したんでしょ？」

「まーね！　俺って優秀だし！」

「どのくらいでランク上がったの～？　やっぱり大変～？」

「2年になるかならないか、ぐらいじゃなかったかな？　上がったの俺だけだったけど！」

「私の時は、パーティみんなでランク上げたぞ。ただ、FからEになったのは私だけだったが。

数をこなすのは大変といえば大変だが、やることは雑用だからな。面倒がらずにコツコツやれば、誰にでもできることなんだ」

思わずラキと顔を見合わせた。うわー、ウチのパーティにも、ランクを上げられなさそうな人が若干1名……。

「討伐に行くためには、頑張るよ、きっと……」

「コツコツ、できるかな～？」

オレたちだけランクアップして、タクトと冒険に行けないなんてイヤだよ？　お尻をひっぱたいてでもやっていただこう。なんならラピス先生のスパルタ教室にしてもいい。

「よっし！　じゃあ同室のよしみだ、冒険者の心得伝授《こころえでんじゅ》、いきますか！　俺たちの経験を聞けるってなかなか貴重よ？　次からお金とるよ？」

「心得伝授ってなあに？」

「1年生が仮登録に成功したらな、同室の先輩が色々と経験を聞かせてやるって伝統がある……らしいぞ」

「よしっ！　こっち来い！」

キラキラした瞳で、オレとラキは先輩のベッドにお邪魔した。冒険者になって困ったこと、必要だったこと、役に立ったこと、失敗したこと――中には、先輩たちがさらに上の先輩から聞いた話もあり、それは伝統と言うに相応《ふさわ》しい、とても貴重な知識の伝授だった。

「もー！　ユータ遅いよ！」

今度はセデス兄さんが頬を膨らませた。ごめんね、先輩たちの話が、とてもためになるものだったから、つい聞き入ってしまった。

「お前の登録祝いをしたかったんだが、ご馳走を持ってきたのがユータだからなぁ。エリーシャもいないし、ランクが上がったら、また祝いをしようか！」

「カロルス様ありがとう！　でもお祝いはいいよ……恥ずかしいし」

「父上は美味しいものが食べたいだけなんだから、ユータは気にしなくていいんだよ！」

「おう、祝いは何回あってもいいだろ！　美味いもんが食えて損はないぞ！」

ちっとも堪えず、豪快に笑うカロルス様に、くすっと笑った。そっか、カロルス様が美味しいもの食べたいなら仕方ないよね！

「じゃあ、オレも何か作るよ！」

「ユータのお祝いなのにユータが作ったら意味ない気がする。でも、それも食べたいし……」

「さあ、最高級肉の美味いところ、熱いうちにどうぞ！」

セデス兄さんが何やら葛藤し出したところで、ジフと料理人さんたちが大量のお肉を運んできた。一緒に連れてきた美味しい香りに、お腹が抉《えぐ》られそうだ！　じゅわっと唾液《だえき》が溢れて、慌ててお口を閉じた。

どーんと大皿に盛られた、オレの頭より大きな塊肉。ジフが気取った手つきでナイフを入れると、みるみる肉汁が溢れた。断面は、見事なワイン色をさらして艶めいている。

「お、美味しそう!!」

ごくり、と喉が鳴った。緩んだ幼児の小さなお口から、たらりとよだれが零れる。

『しあわせー、ぼく、もうしあわせ……』

堪らず出てきたシロが、充満するお肉の香りを必死に吸い込んで陶然《とうぜん》としていた。ジフが切り分けたお肉をはじめ、肉・肉・肉のオンパレードだ。さすがに肉ばっかりはどうかと思ったところで、やっとサラダ類が並べられた。

「美味そうだ！　ユータ、シロ、でかしたぞ！　ジフも見事な仕事だな！　よし、食うぞー！」

「いただきますっ！」

ナイフとフォークを引っつかむのももどかしく、ばくっ！　と一切れ、お口に放り込んだ。う、わああ……。思わずうっとりと目を細めて頬を押さえた。お口の中でとろけていく柔らかな肉質、それでいてガツンと、しっかり肉を主張する焼き目。ああ……美味い。異世界牛（?）、侮りがたし――。シロ、お手柄だな。これが食べられるなら、それだけで冒険者になった意味がある！　かもしれない！　肝心のシロは、すっかり美味しいお肉でトリップしている。幸せゲージが上限を振り切ってしまったようだ。

「――うまい……」

まるで最初の一口を噛みしめるかのように、重々しく言ったカロルス様だけど、既に相当量のお肉を消費していることは知っているからね。独り占めしたらダメだよ！

「最っ高だね。シロ、ホントありがとう！　あんまり見つからない種類だからさ、お金を積んだからって食べられるものじゃないんだよ！」

こちらも顔に似合わずがつがつとお肉を平らげているセデス兄さん。オレ、まだ一口なのに！　この人たちに美味いものを渡してもダメかもしれない。

そんなことを考えつつ、オレも負けじと食卓戦争に加わった。

チャキチャキーン！　オレがとろうとしたお肉を、横からスッと掠めとったセデス兄さん！しかしさらにそのフォークが何者かのナイフに弾かれ、お肉は空中を舞って――。

シャッ！　電光石火でキャッチしたのは、カロルス様のフォーク！

「「ああっ！」」

「うむっ！　うま――!?」

満足そうに頬ばったカロルス様の後頭部に、銀のお盆がくわん！　と命中した。

「はしたないですよ？　もっと落ち着いてお食事なさって下さい」

「「は、はいっ！」」

にっこり微笑んだマリーさんの圧力に、冷や汗を流しながらぴしっと座り直した。そうでした……エリーシャ様と執事さんがいなくても、マリーさんがいるんでした。

「うぅー食べすぎた、お腹いっぱいすぎる……」

『ぼくもお腹いっぱいすぎる〜しあわせもいっぱいすぎる……』

『もう！　食べる量考えて⁉　気持ち悪くなっちゃったら勿体ないでしょ？』

その通りですー。とりあえず、しばらくお肉はいいやって気分だ。なんとか転移してベッドに戻ると、苦しいお腹と、たっぷりの満足感を抱えて、ことんと眠りに落ちた。


「おはよ〜」

「んー、ラキ？　おはよう！」

ラキの声で目が覚めて、白銀のもふもふした海から顔を出した。シロはいつも寝ている時に出てきて、ベッドにミチミチに詰まっている。狭いだろうに、どうして毎回出てくるのか。

「なんか、ユータいい匂いするんだけど〜？　また秘密基地でお料理とかした〜？」

そういえば……昨日はいい匂いが充満したお部屋でお肉三昧《ざんまい》して、そのまま寝ちゃってた。

「どうやって秘密基地に行ったのかな～？　なんて思ったりしたけど気にしないことにして～、今日はどうするの？　タクトは授業があるし、秘密基地に行く？　それとも依頼見に行く～？」

「依頼見に行く！」

一も二もなく決定事項だ！　今は冒険者として動くことが楽しくて仕方ない。冒険者ギルドに出入りするだけで、とってもわくわくするんだ。

「それならもうちょっと早く起きた方がいいと思うけどね～。まあとにかく行ってみようか、街中のソロ依頼ならあるんじゃない～？　僕も加工師の依頼がないか探してみようかな～？」

そっと扉を開けると、ギルド内の視線がオレのはるか頭上に集まり――下に移動する。そんなにあからさまに視線を下げなくてもいいじゃないか。人知れずヘコみながら見回すと、既に人はまばらで、割のいい依頼はなくなっているだろうことがよく分かった。

「うーん、やっぱり街中の依頼は、いつ来ても似たような感じだね～」

掃除、力仕事、運搬、捜《さが》し物、そんなところだ。草むしりなんかもある。どれでもいいけど、シロがいるので、お届け物や捜し物の依頼なんかはピッタリだね。

「オレ、これ受けてみようかな？」

「いいのあった～？　僕はいいのないから帰ってるよ？　授業に遅れないようにね～！」

「うん！　ありがとう！　よしっ、シロ、頑張ろうね！」

「ウォウッ！」

受けたのはお届け物の依頼。街の簡易地図をもらったら、自分で書き込みながら使うみたい。しっかりした住所なんてないし、表札なんてほぼないから大変だ。依頼者さんから家の大体の場所と外観、届け先の人の特徴を聞いて出発だ。

「シロ、ストップー！　このあたりにあるはずだよ！」

『黄色い屋根～黄色い屋根～』

シロに乗って大体の場所まですっ飛ばして行ったら、ティアとラピス部隊も使ってお届け先を探す。とにかくシロが早いし、プチ人海戦術を使えるオレには、かなり向いている依頼かもしれない。お届け先の匂いが分かるものがあればもっと簡単、シロの鼻で一直線だ。

「おとどけに来ましたー！　はい、どうぞー！」

「まあ！　こんなに小さいのに、ありがとう。ちゃんとお仕事できて偉いわねぇ」

行く先々でいい子いい子されて、オレとシロはご機嫌だ。次の授業が始まるまでに、３件の依頼を片付けることができた。

「えっ、もうこんなに終わらせたの？　そ、そっか、その犬がいるから……便利でいいわね～！」

「うん！　シロはとってても優秀だよ！」

『えへへ、ぼく、このお仕事好きだな！　みんな褒めてくれるもん！』

シロがすっかりお届け物のお仕事を気に入ったようなので、今後はそれを中心に受けていこうかな？　オレにとっては、ほとんどシロに乗ってるだけの簡単なお仕事……それも切ない。

＊＊＊＊＊

「依頼をしたいのだけど。――白犬の配達屋さんに、これを頼んでちょうだい」

――その日以降、ハイカリクの街では、街中をかっ飛ばす、白い犬に乗った幼児の姿を見かけるようになった。「早い・丁寧・かわいい」で有名になったその冒険者は、『白犬の配達屋さん』と呼ばれて重宝されたとか……。

7章　魔法植物の種

「ねえねえ、今度のお休みに、バーベキューしない？　この間シロがとってきたお肉、すっごく美味しかったんだよ！　だから、みんなも食べよう！　お外の依頼の時にバーベキューできたらいいなと思って」

「この間の肉って……アレだろ!?」

「そりゃあ美味しいよ〜！　僕たちも食べていいの〜？」

「もちろん！　あ、2人の分もオレが持っているんだけど、どうする？　必要な時に言ってね？」

「ユータの収納袋は腐《くさ》らないんだっけ。オレたちに分けてくれるのか？　どのくらい？」

「このくらい」

どーんと取り出したお肉は、カロルス様のお腹いっぱい、3回分くらい。

「多すぎるわ!!　父ちゃんにあげる分だけもらう！」

「ユータ、そんなにあっても腐るだけだよ〜。僕も、家に帰る途中で腐ると思うし、いいよ〜」

そっか、確かに2人に渡しても、オレの収納がなかったら腐っちゃう。

「じゃあパーティの貯肉にしておくね！　食べたい時は言ってね！」

「貯、肉……？　斬新《ざんしん》だね～」

「俺らってさー、冒険に行ったら、街中よりいいモン食えるよな」

よし、今度のお休みはバーベキューに決定だ！　たれを作っておかなきゃね！


「あふぁ～眠かったー！」

「まるで寝てないみたいな言い方だね～」

「あはは！　ユータ、デコが真っ赤になってるぜ！」

ええっ！　頑張って耐えていたはずなのに！　それもこれも、きっと幼児の体が睡眠を欲しているからに違いない。

ツィーツィー先生の授業が終わって、次はメメルー先生の魔法生物学——といっても、1年生なので主に魔法植物だけで、実技ではお外の畑を耕したり、いい土の作り方を習ったり、なんだかのほほんとしていて好きなんだ。害虫害獣が魔物だったりするので、駆除方法などなかなかバイオレンスなこともあるけど。大根を守るために魔物に立ち向かう農家とか——結構ワイルドだ。大根自体も魔法植物なので、葉っぱを振り回して多少自衛できるのだけど。

「魔法植物ってかわいいよねぇ」

「……そうか？　気持ち悪いぞ」

「かわいくは、ないかな～。外で蔦《つた》なんかに巻きつかれたら大変だし……」

そう？　お水をあげたら葉っぱをパタパタさせて喜んだりするんだよ？

「お豆さん、久しぶり！」

声をかけながら近寄ると、あたかも振り返るように、わさっと豆の低木がこちらに反応する。にこっとすると、お豆の蔓《つる》をうにょうにょさせて歓迎してくれている。ほら、かわいい。

「うげー！　気持ち悪！」

「ユータ君は植物の世話も上手なのね！　この豆とっても元気で素直よ～！　かわいいわね！」

メメルー先生は、にこにことオレを撫でてくれた。

「……なあ、あれかわいいか？　滅茶苦茶うにょうにょしてるけど……」

「元気がよくて、かわいいらしいね～」

今日は魔法植物の種を植えるんだって！　どんな植物なんだろう？　オレたちはお外の作業台に集まってソワソワしている。目の前に置かれたのは、手のひらサイズのごく小さな鉢。

「さて、では今日から皆さんに育ててもらうのは、この種です。なんの種でしょう？」

はいはーい！　とみんなの手が上がる。親指の爪くらいの、大きくてころりとした種は、特に何の変哲もない。みんな口々に、思いつくままに植物名を挙げていた。

「お、マンドラが出ましたね。そう、これはマンドラゴラです！」

きゃーっと楽しそうな悲鳴が上がった。マンドラゴラといえば、根っこが手足のように枝分かれして、なおかつ人みたいな顔がついた不気味な植物だ。しかも、引っこ抜くと恐ろしい悲鳴を上げ、魔力を根こそぎ持っていかれて気を失うそうだ。

「この種は、引っこ抜いても気絶するほどは魔力を持っていかれないので、安全な方です。でも、気を付けてね！　十分育ったら、今度はマンドラゴラの抜き方も勉強しますからね！」

このマンドラゴラは、安全な代わりに成長しても小さくて保有魔力も少なく、あまり魔法植物としての価値がないらしい。主にマンドラゴラを抜く練習に使われるそうな。

鉢植えは各自持ち帰って毎日お世話するように、とのお達しだ。小学校の時の朝顔を思い出すなぁ。自分で育てるのってすごくワクワクするよねぇ！

「わ！　ラキ、すごいよ、もう芽が出てる！」

「ホントだ～！　魔法植物だから、あっという間だね～。そうそう、魔法植物は魔素を吸ってるからいいけど、普通の植物だったら、水魔法の水だと痩《や》せちゃうよ～？」

「えっ？　あ、そうか！」

せっせとマンドラゴラに水を注いでいたけど、水魔法の水だと栄養素が溶け込んでないもんね。

「ピピッ！」

なぜか窓辺に止まったティアが、自分も水をかけてくれと言うので、言われるままに手のひらに水を生み出して、ジョウロのようにかけた。嬉しそうに羽を震わせて水浴びするティア。苔《こけ》だった頃でも思い出してるんだろうか。お水が好きなんだね、マンドラゴラと一緒に毎日水浴びするといいかもしれないね。


ギルドで薬草の依頼を受けたら、お野菜を見繕って出発だ！

「お、噂の白犬の配達屋さんじゃないか。今日は外に行くのか？」

今日はバーベキューの日だ！　ウキウキと門までやってきたら、この間とは違う門番さんが気さくに声をかけてくれた。どうやら、オレが配達してるところを見かけたみたいだ。

「うんっ！　薬草採りに行って、バ――むぐっ？」

サッと左右から口を塞がれて、オレがキョトンとするうちに、ササッと門から離れた。

「ユーータ！　外でバーベキューとか言ったらダメだろ！」

「外で冒険者が食べるのは何ですか～？」

「あ……保存食……」

危ない危ない。せっかくのバーベキューがふいになるところだった……。止められちゃかなわない。幸い、今日の門番さんは心配症の人ではなかったので、あくまで街の近くで、人目につきにくい場所を探した。

「このへんでいいんじゃない～？」

「そうだね！　ちょうどよさそう」

オレが作業台を作って食材を切り分けて、ラキが食器や鉄板代わりの焼き台を作って、タクトが薬草を探しつつ薪《たきぎ》を集める。残念ながら炭はないので直火焼きになっちゃうけど、そこは火力担当のラピス部隊がなんとかしてくれるだろう。

『ぼくは何したらいい？　お肉とってくる？』

いや、シロ！　それはもういいから！！

「えーーーっと……じゃあ、周辺のパトロールをお願い。魔物が来たら危ないからね」

『わかった!!　お肉を狙う魔物はゆるさない！』

やる気をみなぎらせて走り去ったフェンリル。狙われるとしたら、こんな細切れのお肉よりも、美味しそうなオレたちじゃないかな？

さて、お肉を切るのはいつもラピスなんだけど、今日はいないから――。

――ユータ、ラピスを呼んだの？

と思ったら、ぽんっと現れたラピス。エリーシャ様たちは大丈夫なのかな？

――大丈夫なの！　もう王都に着いてるの。でも王様に会うのは時間がかかるんだって。それで、どうかしたの？

「ううん、なんでもないんだよ。今日はお肉を切るラピスがいないなーって思っただけだよ」

――ラピスが切ってあげるの！

張り切るラピスにお願いして、バーベキューにいいサイズに切ってもらう。どの肉がどの部位かはさっぱり分からないけど、とりあえずこれだけあれば十分だろう。

――じゃあ、おしごとに戻るの。

「ラピス、ありがとう！　食べる時にまた呼ぶね！」

それを聞いて、寂しそうに立ち去るラピスの耳としっぽがしゃきん！　と立った。

「薪は集まったけど、薬草が集まらねえ～！」

タクトがぼやきながら戻ってきて、ドサリと大きな薪の束を下ろした。その薪の量を見て驚いた。じっと見れば、心なしか、少年らしかった薄い体が分厚くなっている気がする……。

「タクト、特訓頑張ってるんだね」

「おおよ、逞しくなったろ？」

ニィっと口の端を上げ、ぐいっと汗を拭った姿は、いっぱしの男に見えて羨ましかった。きっと将来は、カロルス様みたいになるんだろうな。この世界の子どもは成長が早い。オレは自分の腕を見てため息を吐いた。気付いたタクトが、ずいっと隣へ自分の腕を並べた。

「ん！　どうだ？　うわ、細っせー腕！　しかも白っ！」

ちょ、ちょっと！　余計なことしなくて結構です！　全体のバランスを見れば、タクトもまだ幼くほっそりしていると思って油断した。隣に並べば一目瞭然《いちもくりょうぜん》、オレの腕の倍はある、日に焼けた男の腕。対するオレの腕は……思わずサッと背中へ隠した。

「そんな細っせーのに、俺より強いんだもんなー腹立つな！　握ったら折れそうなのにな」

タクトはタクトでブツブツ言いながら、背中へ隠したオレの腕を掴み上げた。ちらっと不穏《ふおん》な顔でオレを見て……え？　やめてよ？　回復はできるけど——やめてよ!?

「何やってるの～薬草集まった？」

「ぜーんぜん！」

ぽいっとオレの腕を放り投げて、両手を広げるタクト。

「えぇ～。タクト、採取に向いてないよね～」

結局みんなで薬草を集めてから、念願のバーベキューだ！　あらかじめ、香りは上空へ流せるようにしておく。シロが戻ってこないけど、肉を焼けばすぐに気付くだろう。

「よーし、焼くよー！」

ジウゥー！　ジュワー！　お肉を並べるたびにいい音が響き、美味しい香りが立ち込めた。

2人がふるふる震えるお肉を見つめ、ごくっと喉を鳴らす。新鮮なお肉だもん、表面をさっと炙《あぶ》れば十分だ。

『ぼくのお肉ー！』

シロも一陣の風になって戻ってきたので、繋ぎに大きな骨を渡しておく。シロはお肉も生でいいと思うんだけど、オレと同じものを食べたいらしい。ラピスもそろそろ呼ばなきゃね。

『はーいい匂い。はあーーいい匂い』

『チュー助、そこに落ちたらせっかくのお肉がダメになっちゃう！　焼き台から離れて』

モモはシールドを張って、チュー助が焼きネズミにならないようにガードしてくれている。

「ほら、こんな感じに両面が焼けたらオッケーだから、みんなどんどんとっていってね！」

一度お手本を見せたら、生でも食うんじゃないかと思う勢いで、2人はお肉をむさぼり始めた。

「きゅう～！」

戻ってきたラピスは、シロと並んで巨大なお肉に齧りついている。でも、シロの隣は危なくない？　夢中なシロに、お肉ごとぱくっといかれたりしない？

がっつくみんなに遅れればせながら、オレもまずは塩でお肉本来の味を楽しむ。甘みさえ感じる上質の霜降《しもふ》りは、ほどけるようにとろけ、肉の柔らかさの概念を変えてくる。逆にしっかりと締まった赤身は、肉らしいうま味を伝え、心地よく噛みしめられるワイルドな歯ごたえが堪らない。よし、次はジフ特製のたれで。んー！　甘辛くて美味しい！　あーごはん、ごはんが欲しい！　入手できるまであと少し、あると知ってしまったら、待ち切れない気分だ。

「――ん？」

一応レーダーは気を付けていたんだけど、何やらこっちを目指して歩いてくる人たちがいる。間に丘があるからこっちは見えていないはずなんだけど。うーん、匂いが漏れてたかな？

「ねえ、人が来るよ。どうする？」

「どうったって、しゃーねえじゃん！　おいっ、それ俺が焼いた肉！」

「片せるものだけ片しておいたら～？　あっタクト！　こっちは僕の陣地なの～！」

2人は肉に夢中で、焼き台を片付けるという選択肢はないようだ。

「あ……あれーぇ？」

やってきた人たちが丘を越え、こちらを視界に入れた途端、草原に素っ頓狂な声が響いた。男女2人が丘を駆け下り、小柄な1人はてくてくとマイペースに歩いてくるようだ。

「「おおーい！」」

あれは……。なんだか毎度お馴染《なじ》みな光景に顔を綻ばせ、ぶんぶんと手を振った。対する

『草原の牙』3人も、大きく手を振ってくれた。

「わ〜どうしたの？　みんなハイカリクに戻ってきてたんだ！」

「どうしたはこっちの台詞だぜー！　おまえこそどうしたんだ？　この状況は一体何なんだ？」

ニースの困惑した視線に構わず、タクトとラキはまだがっついている。

「あ、ちょっと！　勝手に食べようとするんじゃないっ！」

「無念……これは恐らく最高級ランク、シルバーバック！　一口、せめて冥土《めいど》の土産に一口！」

「あんたは毎回〜！　どんだけ冥土に土産を持っていくつもりだ！」

「ルッコとリリアナも久しぶり！　お肉、まだあるからさ、食べていく？」

「ありがたき幸せ!!」

「ああ!?　もう〜ユータ、いいの？　あいつ、結構食べるよ？」

「うん、いっぱいあるから大丈夫。シルバーバックのお肉、すごく美味しいよ！」

一応遠慮を見せつつ、焼き台に吸い寄せられていく2人。リリアナは既に子ども2人とバトルを繰り広げていた。


「あー美味かった……人生で最高の肉だった」

存分に美味しいお肉を堪能し、だらっと地面に足を投げ出して座る3人と、限界突破して屍《しかばね》のように横たわる2人。これはしばらく動けないな……。

「それで、オレたちこっそりバーベキューしてたのに、どうしてこっちに来たの？」

「なんで外でやってんだよ……相変わらずお前のやることはおかしいな！」

「門番がねー、子どもたちが目の届かないところに行っちゃったから、一応様子見といてやってくれって。一際小さい子ってユータか～、なら全然大丈夫じゃない。ここで何してんの？」

門番さん、気にかけてくれてたんだね。腹ごなしがてら、学校や、仮登録したことについて話していると、ずざっと3人が後ずさった。

「は、早すぎる……！」

「え、えーとユータ3歳だったからー、今4歳じゃなかったっけ？」

「そう、4歳だけど飛び級入学したんだよ！」

今度はのけ反った3人。息ぴったりだね。オレは学校での出来事や、召喚士になったこと、チュー助のこと――近況について、色々お話しした。

「お前、どんどんヤバい性能になっていくな。召喚した犬ってもしかして、そこに寝てるでっかい――？」

「うん、このシロっていう犬と、モモっていうスライムだよ！」

「耳からの情報と目からの情報の相違……」

「犬とスライムって――いや、そうだけど。それじゃ伝わらない！　圧倒的に伝わらないよ！

さっき言ってたシールド張るスライムってそれでしょ⁉　あとなんかヤバそうなデカイ犬……」

シロが、自分のことを話していると気付いて、嬉しそうにやってきた。にこにこ近づくシロと、汗を掻きながらジリジリと下がっていく3人。

「大丈夫だよ？　シロは絶対噛んだりしないよ」

「そ、そうか……いや、そうだよな！　だって召喚獣だし！」

「召喚獣なら言うこと聞いているはず。よし行け、ルッコ！」

「なんで私⁉　で、でも、ちょーっと失礼して……」

『シロが怖い？　怖くないよ？　ほら、じーっとしてるね？　さわっていいよ？』

シロは街の人への対応も随分慣れて、自分が大きくて怖がられる見た目だということを理解したらしい。決して飛びついたりはしないし、相手が警戒を解くまでゆっくり行動することを覚えたようだ。手だけ伸ばしたへっぴり腰で、ちょんっとシロに触ったルッコ。シロがそっと体を寄せると、その手がまふっと豊かな被毛に埋もれた。

「うひゃあ⁉　って……ひゃあ～すっごい！　極上じゃん！　何コレ最高！」

たちまち虜《とりこ》になったルッコが、両手でさわさわとシロを撫で回すと、シロが嬉しそうにごろりと身体を横たえた。

「お、大人しいんだな。おおお！　すげー、サラふわ！　気持ちいい！」

「私、そっちが触りたい……」

『ふふ、いいわよ？　お目が高いわね』

３人とも、結構動物（？）好きなんだな。周囲の警戒は、オレがしておくよ。


「あー苦しかった！　でも人生最高の肉だった！」

「タクト、それじゃもう人生終わってしまいそうだよ～」

復活した２人と、『草原の牙』３人と共に街への帰路についた。彼らはハイカリクの街に戻ってきているそうで、今後オレがランクアップしたら一緒に行こうなって言ってくれた。冒険者になってからの楽しみがどんどん増えるね！

「あ、そうそう、あのちっこいのは、優秀ぽんこつだから気にしなくて大丈夫！」

「優秀ぽんこつ……？」

「私たちよりよっぽど安心だと思うわよー！」

街に入るところで、３人は門番さんに何か声をかけてくれていた。多分、オレたちのことは気にかけなくて大丈夫だって言ってくれたんだろう。

「はあー!?　お前らずっと肉食ってたじゃねーかー！」

「何、その量……」

「うっそ、私らってダメ先輩？　獲物ひとつ持って帰ってないんですけど！　肉は食べたけど」

ギルドで出した薬草の束を見て、３人が仰天した。しーっ！　しーっだからね！　１日がかりで集めたことにしておいて！　お外で肉食べてたのもナイショなの！

「――ニースさんたちはもうすぐCランクか！　いいな、俺らも早くランク上げようぜ！」

「それなんだけど……」

「タクトが一番の難関だと思うよ～？　僕とユータはもうソロでポイント貯めてるからね～」

「げっ！　俺マズイじゃん！　１人だけランク下とかカッコ悪い！　頑張るわ……」

タクトもやる気になってくれたようだし、ランクアップもそう遠くない未来かな！　なんだかんだと、あっという間に過ぎていく学校生活。まだまだ入学したてだと思っていたのに、もう2年生への階段が見え隠れしていた。

◆◇◆◇◆

「見て！　ラキ、これもう立派に成長してるんじゃない？」

窓辺に並んだ小さな鉢は、大きく伸びた葉っぱでひっくり返りそうだ。二十日《はつか》大根もビックリの速度で急成長しているマンドラゴラたち。さすが魔法植物！　これだけすくすく成長してくれると楽しいね！　にこにこ眺めていると、先輩2人が揃って帰ってきた。

「げっ……何それマンドラゴラじゃん！　あー、そっか1年はそんな時期か～！　ユータは変わってるな～なんでそれ見て嬉しそうなんだ？」

「アレックスは、引っこ抜くの失敗したんだろう。お前たちも、きちんと取り扱うんだぞ」

テンチョーさんに図星を指されたらしく、うぐっと詰まるアレックスさん。安全な方って言ってたのに、やっぱり怖いものなんだろうか。

「ああ、気絶するほどでもない——気分悪くなって吐くぐらいだ」

「カンベンしてよ！　あれマジで気持ち悪いから！　もう見るだけで無理！」

そ、そうなんだ……こんなにかわいいのに。でも、毎日大切に育てていたら愛着湧かない？どうも、湧かないと言いたげなラキの視線に苦笑して、窓辺のマンドラゴラを眺めた。

「でも、君はかわいいよ！」

オレはこっそりマンドラゴラを慰めておいた。

「さて皆さん、準備はできましたか？　毎年これで悶絶する生徒が出てきます。ちゃんと説明を聞きましたね？　タクトくん、聞きましたね？」

「えっ？　俺？　うん、聞いたって！　問題ナシ！」

メメルー先生はどことなく心配そうな目でタクトを見やって、各自のタイミングでマンドラゴラを引っこ抜くようにとのお達しだ。マンドラゴラの悲鳴は一種の魔法で、自分を引っこ抜こうとする者に対してのみ有効なんだって。でも、悲鳴自体は聞こえるわけで――。

ギャアアアー！　グギャアアー！

あちこち響き渡る断末魔《だんまつま》の悲鳴で、学校が一気にホラーテイストに……。

「あああ！　言わんこっちゃない……！」

タクトが桶《おけ》を抱えて崩れ落ちていた。なぜか桶は、ばっちりタクトの側に用意されていた。

そんな姿を見たら余計に怖くなるじゃないか。オレは自分の鉢を見つめて、そっと葉を撫でた。

「ねえ、お外に出てくる？」

まるで答えるように葉っぱがさわさわと揺れる。そっか、出てきたいなら手伝ってあげる。

手順を守って、痛くないように、そっと茎の根元を掴むと――思い切って引っこ抜いた。

「…………」

あれ？　悲鳴、上げてなくない？　閉じていた目をそっと開けると、手の中の小さなマンドラゴラは、オレを見て――はにかんだように、にこっと笑った。

「――かわ、いい……？」

その茶色っぽい根っこ部分には確かに顔があるんだけど、琥珀《こはく》色のつぶらな瞳と、もにゅもにゅと小さなお口を動かしてにこにこする、ころりとしたマンドラゴラ。これはかわいい。

「ユータはちゃんと抜け――何、ソレ～？」

ラキの手に握られているのは、お馴染みのほっそりしたオバケ顔のマンドラゴラ。なんでウチの子だけ違うの？　違う種だったんだろうか？　オレの手が窮屈《きゅうくつ》だったのか、ジタバタし始めたマンドラゴラを、空いた鉢に入れてあげる。ちょこんと両手（？）を縁にかけて、にこにことこちらを見上げる姿は、やっぱりかわいいと思う。

「かわいい～これなに～？」

「マンドラゴラだけど……」

「違うよ～、マンドラゴラはコレだよ～！」

ずいっと差し出されるオバケニンジン。オレのマンドラゴラは、会話に合わせてラキを見たりオレを見たり、そのたびに頭上の葉っぱがわさわさと揺れる。

「……ねえ、すっごく動いてるんだけど～」

「うん、元気いいよね！」

「違うから！　見てコレ！　マンドラゴラは、こう～！」

再びずずいっと差し出されたマンドラゴラは、ぶらんとなすがままになって動かない。

「……元気ないね？」

「これが普通！　引っこ抜いたら動かないの〜！　あ、埋まってる時も動かないけど〜」

そうなんだ！　豆があんなに動くから、マンドラゴラも動くものだと思ってた。じゃあ、なんでオレのマンドラゴラは動くの？

『ゆうたが生命魔法入りのお水あげるからでしょ』

こともなげに言われてハッとする。オレが飲むお水をあげていたから、確かに生命魔法が入ってる！　モモ〜、気付いてたなら言ってよ！

『言ってもこっちの方が美味しいって言うでしょ？　まさかこうなるとは思わなかったけど』

——確かに。だって植物も美味しいお水の方がいいよね？

『それにさー、主ってば魔力流してたじゃん〜！　俺様てっきり、マンドラゴラもサイキョーに育ててるんだと思ってた！　でもこれ、強そうじゃないぜ』

魔力流したらいけなかった!?　フェリティアはいつも流してるよ!?　で、でも、こんなにかわいく育ってくれたんだから、結果オーライってことだよね！　素材にはできないけど……。

「おえぇぇぇ、ぎもぢわどぅい……」

困惑するオレの横で、タクトが桶を抱えて悶《もだ》えつつ、こっちを見た。なんとかしてくれって顔。仕方ないなぁ……ちょっとは懲《こ》りた方が身のためだと思うんだけど、もういいかな？

「ムゥ！」

不意に鳴いたマンドラゴラが鉢から這い出ると、葉っぱの重みでふらふらしつつ歩き出した。

『わ！　葉っぱさん、どうしたの？　……あっち？　いいよ！』

そのままぴょん！　とシロの頭に乗ると、タクトのところまで連れていってもらっている。

「ムゥムゥ！」

短い手（？）で頭の葉っぱを1枚引っこ抜くと、マンドラゴラはまるで旗のように葉を振りながらわっさわっさと動いている。うーん、まるで祈祷《きとう》しているみたいだ。と、葉っぱがきらきらしたかと思うと、すうっと光となって崩れ、タクトに吸い込まれていった。

「おえぇ……え……あれ？　楽になった……助かったー！」

タクトはバタンと地面に仰向けになった。そんなに気持ち悪かったんだ。オレも気を付けよう。

「ねえ、今の何～？　もしかしてマンドラゴラが『回復』したの～？」

「どうなのかな？　マンドラゴラの葉っぱって体調を整える作用があったりする？」

「あるわけないよ～！」

うーん、オレの魔力で育ったから？　葉っぱは薬草になったりするかもしれないね。

「ちぎっちゃって痛くないの？」

「ムムゥ！」

平気！　と言いたげに元気よく手（？）を挙げた。むしろ重いからとってくれと言いたげだ。もしかして、タクトを助けたのはついでだったのかな。

『ゆーた、この葉っぱさんのお名前は？』

『いい？　マンドラゴラって名称を使わないで考えてちょうだい！』

ええ～、難しいこと言うなあ。んーごぼうさん？　いやどっちかと言うと、にんじんさん？

マンドラゴラは、嬉しそうにじっとオレを見つめた。あ、そうだ！

「じゃあ、ムゥちゃんでどう？」

「ムゥ！」

どうやら喜んでくれたみたいだ。両手をぱたぱた、葉っぱをゆさゆさしている。

『あーそう来たわけね。まあいいわ、それならかわいい方よ』

「ひっ……ひいいぃいい！」

唐突な悲鳴にビクッと振り向くと、そこには驚愕の表情でこちらを見つめる先生の姿。

「――かっ……かわっ、かわいいいいぃぃ!?」

先生はピタリとムゥちゃんを見つめて悶絶し出した。なんだ、そ、そっちかぁー！

「どうしてぇ……どうしてこうなっちゃったのかな～？」

デレデレと相好を崩して、メメルー先生はムゥちゃんを見つめた。

「えーっと、さ、さあ……？」

何を言ってもボロが出そうだ、言い訳は諦《あきら》めよう。そもそも先生聞いてないし。

「ウチの子になる？　そう、なるのね～？」

いや、先生、わっさわっさ葉っぱ振って否定してるよ？　それ、ウチの子だから返してね？

「──ダメなの……？　どうしても、行っちゃうの？　私なら！　広い畑を用意することも！　とびっきりの肥料をあげることもできるのよ!?」

「ムムゥ！」

無邪気に首を振るムゥちゃんに、先生はスポットライトが映《は》えそうな感じに崩れ落ちた。不《ふ》憫《びん》に思ったのか、ムゥちゃんはよちよちと歩み寄ると、スッと自分の葉っぱを差し出した。

「──これを、私に？　分かったわ、私……諦める。これをあなただと思って……強く生きる！」

うん……そうしてほしい。マンドラゴラにフラれたぐらいで絶望しないで……？

「ねえ、ユータくん、先生、待ってるから……。ううん！　負担になりたいわけじゃないの！　だから、そのぉ……もし、気が向いたら──」

授業が終わって、さて帰ろうとした矢先、駆け寄った先生がそっとオレの手に忍ばせたのは

――マンドラゴラの種。先生、全然諦めてないじゃない。どうやらオレは、またマンドラゴラを育てることになるようだ。

＊＊＊＊

「おや、こちらも海蜘蛛《うみぐも》……いえ、『カニ』を扱い始めたのですね」

「そうね、王都にはもう十分『カニ』として浸透したと思うわ。大体どこの海でも採れるもの、あちこちで真似た輩が出てきてるわね。でも、ウチみたいに新鮮なカニを扱っているところはないもの、負けはしないわ！　ユータちゃんのカニ料理はウチだけだしね！　ああ、そんなこと言ってたらカニが食べたくなってきたわ！　ロクサレン系列のお店にするわよ！」

エリーシャたちは、持ち前の体力と人脈を活かして、王都での根回しに奔走《ほんそう》していた。謁見《えっけん》の前に、できることはしておかなければ。もちろん、相手も貴族、エサをちらつかせ、時には氷のオーラで震え上がらせ、意図とメリット、デメリットを正確に伝えていった。

「ふむ、天使教の方は問題なさそうですね」

「そうね、あれは元々私たちのせいじゃない――ってことになっているし。他種族については難しいけど、少なくとも意図は伝えられたわ」

「あとは——そうですね、海蜘蛛の時のように、貴族の貪欲《どんよく》さがよい方へ転べばいいですね」

「そうね。エルバート陛下なら、と思うんだけど。話がこじれたら面倒ね」

「力のあるロクサレンを快く思わない者もいますからね。その時は、いかがされます？」

「そうねぇ、お望み通りの出来事を起こしてあげるのも、いいかもしれないわね」

「ふむ……なかなか厳しい戦いですね。カロルス様も呼んでおきますか」

貴族街の宿の一室での、優雅に微笑みを浮かべた会話が、まさかこんな物騒なものだとは誰も思うまい。タチの悪いジョークなのか、そうでないのか。

「あら、私たちは軍隊と一緒に来ているわよ？　ねえ、そうよね？　ラピスちゃん？」

「……きゅ」

どうして分かったの？　と言わんばかりの顔で現れたのは、白い小さな獣。群青の瞳が、不思議そうに2人を見つめた。

「おや、ユータ様は心配症ですね」

「うふふっ、何を心配したんでしょうね？」

エリーシャは、ラピスのふわふわの毛並みをそっと撫でた。

＊＊＊＊＊

「白犬さん、あなたをご指名よ。ふふ、この調子だとあっという間にポイントが貯まるわね。でも、配達だけじゃダメなのよ？　色々な依頼を経験しなきゃ、ランクは上げられないわよ？」

受付のお姉さんは、にこにことオレの頭を撫でてくれた。ジョージさんはなかなか忙しいらしく、毎日受付にいるわけじゃないようで、タクトは心の底からホッとしていた。

オレは今日も授業の合間に配達屋さんだ。なんだかすっかり『白犬の配達屋さん』として定着してしまっている気がする。中には多分、シロを触りたいだけの人も。依頼品を受け取りに行ったら、散々シロと触れ合って、じゃあありがとうってドアを閉められそうになったことも……シロをモフる料金じゃないからね⁉　配達料だからね！

「エリーシャ様たち、大丈夫かな……」

配達の合間に、ふと不安になって空を見上げた。ラピス情報では、今日ついに王様との謁見ができるみたいなんだ。執事さんもエリーシャ様も、冷静なようで、そうでもないから……。むしろ最後の最後で踏みとどまれるのは、カロルス様の方って気がする。２人はキレたら王都を破壊して帰ってきそうだ。きっとラピスはそれを止めないだろうし、穏便《おんびん》に！　どうか穏便に行きますように！

「――それでね、今王様にお話ししてるところなの。うまくいったら、エルベル様たちにも協力してもらわなきゃいけないこともあると思う」

オレとエルベル様は、大きなベッドに腰掛けていた。いくら少数民族の王様だからって、ここまでくだけていていいのかと思うけど、友達だからいいのだそう。それに、ここの人たちは、配下の立場でも結構王様に対してフランクだ。こんなゴージャスなお城に住んでいるけれど、規模的には案外、村の村長さん的な立ち位置なんだろうか？

「ふむ、当然だな。外交に当たるのは誰にしようか。――お前は論外だ」

突然やり玉に挙げられ、なぜだとムッとするグンジョーさん。

「お前みたいな鉄面皮《てつめんぴ》に行かれたら、うまくいくものも破談するわ！　もっとにこにこして穏やかなヤツにしてくれ！」

「……まあ、にこやかでないのは確かですが。では、にこやかで穏やかで、鉄面皮でない、外界に詳しい者を選出しておきましょう」

フン、とケンカ腰の2人だけど、それこそ2人の信頼の証。グンジョーさんは随分雰囲気が柔らかくなった、と思う。なんだかんだ仲のいい2人に、オレはくすくす笑った。

「それで？　お前はもうすぐ冒険者になるのか。そんな小さいのに侮られるのではないのか？フェンリルを連れていると、なぜ言わない？」

「もう仮登録したんだよ！　2年生までにランクアップして本登録するのが目標なんだ！　侮られるのは仕方ないよ、だって本当に経験はないんだし。オレは目立ちたくないの、今はまだ」

「今は？　いつなら目立っていいんだ？」

「しっかり実力がついて、オレ自身やロクサレン家の人も守れるぐらいになったら！」

エルベル様は、はんっと小馬鹿にしたように笑った。

「そりゃまた気の長い話だな。そいつらAランクだって言ってなかったか？　お前が生きてるうちに達成しろよ」

「す、するよ！　それに――ちゃんとエルベル様も、守ってあげるからね！」

「ぐっ……な、生意気な」

にっこりすると、エルベル様の白皙《はくせき》の美貌が朱に染まり、プイとそっぽを向いた。大人ぶった彼をからかうのはとても楽し――じゃなくて、やっぱりこう、みんながエルベル様をちゃんと好きなんだよって示していかないとね！　彼は強がりの寂しがりだから！

「あら、私たちだって生意気にもエルベル様を守ってさしあげたいと思っているのですよ？」

「エルベル様のためなら火の中、水の中、ですわ」

「う、うるさい！　俺は守られねばならんほど弱くはない！」

侍従さんの追撃で、耳まで赤くなったエルベル様は、完全にオレたちに背中を向けてしまった。侍従さんたちはによによとしながら、オレにグッジョブ！　と親指を立てる。

「エルベル様、怒っちゃった？　せっかく美味しいの持ってきたんだけど、仕方ないなあ」

ピクッとエルベル様の肩が反応する。ここぞとばかりに収納から取り出したのは、ほかほかと湯気を立てる焼きおにぎり！　そう、オレはついに手に入れたんだ！　お米を!!

そもそもお酒用に栽培されていたお米で、日本で普段食べていた美味しいお米とは比べられないけど、それでも麦よりも雑穀よりもずっと美味しく、懐かしかった。ふわっと漂う香ばしい醤油の香りに、エルベル様がそわそわ、チラチラと肩越しにこちらを見ている。あれ？　まだ振り返らないかなぁ？　大きなお盆に載せられた、小さめの焼きおにぎり。食欲をそそる香りに、室内全員の視線が集まった。大丈夫、みんなの分あるから！

「じゃあ、皆さんでどうぞ～」

大きなお盆を、ことんとサイドテーブルに置いた瞬間、ガッと方々から手が伸ばされた。

「まあっ！　どうもご丁寧にっ！」

「そんな、よろしいのにっ！」

おおぅ、さすがヴァンパイア。激しくぶつかり合う手は、絶対に無事では済まない音が鳴っていた。オレ、潰されちゃう。じりじりとお尻で下がったら、こつんと背中がぶつかった。

「…………」

紅玉の瞳が、恨めしげにオレを見つめる。どうやら意地を張って争奪戦に乗り遅れたようだ。

「あらぁ！　美味しい！　カリッとした外側が、なんて香ばしいのかしら！」

「本当ですね！　外側の香ばしさといい、中のふっくらと柔らかな食感といい、最高です！」

追い打ちをかけるかのように、これ見よがしに披露されるヴァンパイアさんたちのグルメレポート。エルベル様が堪らず、ずいっとオレに迫った。

「……俺のは？」

ぶすっとむくれたそのお顔は、まさに年相応の少年だ。

「ふふっ！　じゃあ、エルベル様はこれをどうぞ？」

醤油と味噌、2種類のたれで焼いた焼きおにぎり1つずつ。曲がりなりにも王様に献上する焼きおにぎりだもんね、ちゃんと別皿にきれいに盛りつけたよ！　途端に綻んだ顔に、どこかシロやチュー助を思い出してしまった。大切そうに両手でおにぎりを持って、あーんと齧りつく姿にほっこりしながら、ふと気付いて覗き込んだ。

「――なんだ」

ぐいっと肩を入れて自分の皿を隠す様子に、くすくす笑った。大丈夫、とらないよ！

「牙、ちゃんとあるね」

「……お前、なんだろ」

ほっぺにごはん粒をくっつけたまま、少しふて腐れたような言葉に、ギクリとした。

「そっ……な、ななんでオレなの？　ちちち違うよ！」

エルベル様は呆れた顔で目を細めると、米粒のついた手指をぺろっと舐めて、そうしておいてもいい、と呟いた。

＊＊＊＊

「――それは、地方で他種族の軍を編成し、謀反《むほん》を企むつもりではないのか！」

「ロクサレン伯は、陛下の覚えがめでたいことを笠《かさ》にきて、勝手な行動が過ぎる！　この場におらんとはどういうことだ！　地方に他種族を集めて何を企んでいる！」

集まった貴族の予想通りの台詞に、謁見の間でエリーシャたちは密かにため息を吐いた。

「謀反など、なぜ私たちがそのようなことを。そもそも、軍の必要がないことくらい、分かっておいでではないですか？　にわか軍など、足手まといなだけです」

エリーシャとグレイから漂う気配で、室温がぐっと下がり、怖気《おぞけ》が走ったような気がして、近衛兵は思わず腰の剣に手をやった。発言した貴族は、青い顔で腰を抜かしている。

「控えよ！　王の御前《ごぜん》であるぞ！」

すうっと薄らいだ圧迫感に、集まった貴族たちは、ホッと呼吸を再開した。何か言いかける側近を制し、エルバート王がおもむろに口を開いた。

「書状でおおよそのことは把握した。――わたしは賛成だ」

「へ、陛下⁉」

「そなたらも知っておるだろう、エリーシャの言った通り、ロクサレンは兵など必要としていない。そも、国の方から頼み込んで、あの土地を治めてもらっている。その言いぐさは、こちらの不義理というものだ」

そもそもそれが気に入らない、といった貴族たちの表情を察し、王はため息を吐いた。

「――先に新興宗教についてだ。天使教の方は、民草《たみくさ》に広まる宗教だが、悪影響はないのか?」

「はっ、こちらは神信教の司祭から聴取しております。元々、神信教は貴族が中心ですので、民草に広がる新興宗教の影響は受けません。また、信仰対象が神の使わす『天使』であるのは、分をわきまえておる、という次第です」

「なるほど。それで狼藉《ろうぜき》を働く者が減るならば、問題はあるまい。宗教の発生を止めるのはなかなか厄介だからな」

どうやら天使教と犯罪発生率低下との関連を数値化してみせたことで、納得する者が多かったようだ。ユータの言う、「データを示す」ことの効果に、エリーシャは内心舌を巻いた。

「陛下、他種族との交流については……」

「ヴァンパイアが人であるかは、追って調査すれば分かること。識者《しきしゃ》で調査団の編成を行う。その他の種族も含め、交流についても、私は国のためになると思っているが？」

「恐れながら陛下、そのように甘いお考えでは他種族にこの国を乗っ取られてしまいます！ロクサレン伯は、それを狙っているやもしれんのです！」

口々に反対する貴族に、エルバート王は少し呆れた視線を寄越した。

「なぜそう思う？　あの土地を手放せと言えば、ロクサレンは喜んで手放すだろう。貴族の位すら不要なヤツだ。ようやくつけた手綱《たづな》を、お前たちが外そうとしているのが分からんのか？多少言うことを聞かんでもいい、手綱がついていることが重要なのだ」

さすが、エルバート王、よく分かっている。エリーシャは少し安堵して微笑んだ。きちんとエリーシャの前でその発言をする王に、国への信頼が少し回復する。

「し、しかし、脅威になりますぞ⁉　いっそ、全て剥奪《はくだつ》すれば――」

「謀反の可能性があるのです、勝手な行動に処罰を！」

ふむ、アレと、アレですね。雲行きの怪しい事態に、グレイは発言した貴族を一人一人記憶しておいた。ええ、謀反を起こすならば、まずアレらを――いえ、例えばの話ですがね。おや、お顔が土気色に……はて、殺気《さっき》は抑えているはずですが。視線を受けた貴族は、死神の鎌《かま》の気配を喉元に感じ、顔色を変えて後ずさった。

「分かっておらんな、今でも十分に脅威なのだ。アレは手綱がついたドラゴンだ。手綱があっても口輪はないぞ、気に入らなければいつでも我らを噛み殺せる。それでも野生のドラゴンの危険度とは比較にならんのだ。味方であることに注力すべき相手だと心得よ！　……それに」

王は唐突に玉座から立ち上がった。虚空《こくう》を見つめてわずかに綻んだ表情に、家臣たちが訝《いぶか》しげな表情をして周囲を見回した。

「お前たちには見えぬだろうが――今、ここには妖精が集《つど》っておる！　歴史を語る者たちが……この沙汰《さた》の結果を確かめに来ている！　私利私欲《しりしよく》で醜《みにく》い様を晒《さら》すでないぞ！」

朗々《ろうろう》と響いた王の声に、謁見の間はにわかにざわめいた。

「なっ……？」「よ、妖精!?」

『おや、バレておるの。魔力視のできる王じゃったか。声が聞こえればよかったのじゃが』

『ゆーたのおうえんにきたー』『れきしのかわるときー』『たちあうのー』

見る者が見れば、謁見の間は、姿を隠した妖精たちで溢れているのが分かったであろう。妖精たちはエリーシャとグレイを守るかのように、ふわりふわりと次第に周囲に集い始めた。

そして、王の視線の動きで、家臣たちはその妖精の動きを知った。小さな淡い輝きは、ひとつ、ふたつと重なり、2人の周囲は色とりどりの輝きに溢れていった。

「こ、これは……」「なんと、美しい」

眩《まばゆ》いばかりに重なった光に、近衛兵をはじめ、武勇に優れた者がその輝きを捉え始めた。静かなざわめきが、さざ波のように広がっていく。

『ふむ、これだけ重なれば、見える者には見えるようじゃの』

『ひとのおうよー！』『よきほうへすすめー！』『ひかりのみちびきのままにー！』

「この、光は？　まさか――まさか、チル爺さんたちが？」

「――私たちは……守っているつもりで、ユータ様に守られてしまいましたね……」

「ユータ、ちゃん……」

エリーシャは熱くなる目頭《めがしら》を押さえ、エルバート王は、眩しげに目を細めた。

「妖精の光に包まれて、私の目には、まるでそなたらは神の使者のようだ。我らはもう少し、他種族との交流を図るべきなのかもしれぬ」

「そんな……」

反対派が青ざめた。太古から生き続け、数々の重要な場面で助言を残した、心正しき妖精の伝説。妖精たちがロクサレンの味方をする――それは、この謁見の行く末を決定するのに不足のないものだった。

――ルー、ありがと！　うまくいったみたいなの。

ラピスは、ユータの望む通り、平穏に事が動き始めたことに安堵して呟いた。

『――人は人の中で生きる方がいい。あいつの繋がりを断つようなことをするな』

あの日、わざわざ変化してまでやってきたルーの心中は、ラピスには分からない。でも、ルーが教えてくれなかったら、ユータが悲しむことになっていたかもしれない。

――妖精を使え――。ルーはそう教えてくれた。詳細はちっとも教えてくれなかったけど、わざわざそう言いに来たから、ラピスはチル爺たちに相談した。

『なるほど、他種族と交わろうとしておるのですな、それは興味深い。この国の歴史の転換期になるじゃろう、我ら妖精が見届けるに相応しい場。喜んでお供致しますぞ。恐らく他の妖精も見守りに行くと思われますじゃ。じゃが、ワシらは手を出すことは致しません、あくまで助言に留めるのが習わしですじゃ』

眼下では、王様に見つけられたチル爺たちが、エリーシャの元へ集っていた。ほのかな妖精の輝きも、これだけ集まれば眩しい光となる。賛成派や、どっちつかずだった貴族たちは感極まった面持ちでその光景を眺め、反対派は顔色を悪くした。

――どうしてこうするのがいいのかは分からなかったけど……人間には分かったみたいなの。

ざわめく謁見の間を見下ろし、ラピスはルーに感謝した。

外伝　白犬の配達屋さん

「さあ！　今日もがんばろっか！」

『うん！　いっぱいお仕事するよ！』

白犬の配達屋さんは、今日もご機嫌に尻尾をふりふり配達に向かうんだ。人が好きなシロは、配達して喜んでもらえることがとても嬉しいらしい。

「お、シロちゃん、今日もお仕事かい？」

「ウォウッ！」

白銀の艶やかな毛並みに、大きな体。最初こそ怖がられることもあったけれど、弾ける笑顔を絶やさないシロは、今やちょっとした街の人気者だ。

「ほら、ご主人と一緒に食いな！」

ぽーんと2つ投げられたのは、丸い果物かな？　シロはぱくっと1つ咥《くわ》え、もう1つを鼻面《はなづら》で弾いてオレの手の中へ飛び込ませた。

「わ、ありがとう！」

ぶんぶんと手を振って果物屋さんにお礼を言うと、オレンジ色の実をシャクっと齧った。酸味が少なくて、ほんのり甘い。ちょっと梨《なし》に似てるかな？　オレンジ色だけど。

『おいしいね！　ぼくのこと、覚えてくれたね！』

果汁を飛び散らせながらわしゃわしゃと飲み込んだシロが、しっぽを振って振り返った。

「うん、嬉しいね」

オレンジに染まった口の周りをべろりと舐めて、シロは満足そうにえへへっと笑った。

配達屋さんのお仕事は、まずはギルドで指名依頼がないかの確認から。普通、オレたちみたいなランクの冒険者に指名依頼なんて入りっこないんだ。だから、こうしてご指名で依頼が入るのはすごいことなんだよ！　……例えそれがシロと触れ合いたいがためだったとしても！

シロは手慣れた様子で器用に扉を開けると、するりとギルド内へ体を滑り込ませた。何も言わなくても、勝手知ったる様子でカウンターまで直行してくれる。そして、カウンターの手前でぎゅっとしがみつくと、心得たとばかりに後ろ足で立ち上がった。

「ウォウッ！」

「こんにちは！　ユータとシロです！　あの、配達の依頼はありますか？」

立ち上がったシロはカウンターに両前肢をかけ、お尻まで揺らす勢いでぶんぶんとしっぽを振っている。オレの方はしっかりシロの背中にしがみつき、いわゆるおんぶ状態でにっこり笑った。ちょっとカッコ悪いかもしれないけど、この方がカウンターから顔を覗かせることができるんだ。オレ1人だと、受付さんが身を乗り出して覗き込む羽目になるからね。

「んっ……！」

受付さんは、目が合うなり不自然に顔を逸らした。

「――はい、ちょっと待ってね～」

首を傾げる間に、何事もなかったように視線を戻して告げられた。さっきの間はなんだったの？

「すごいわ、今日も白犬さんに指名で依頼が入ってるわよ～！　あと、他の配達依頼もあるけど、どうする？」

差し出された用紙の依頼人を見て、苦笑した。この指名依頼はきっとすぐ終わるだろうから、他の依頼も受けておこうかな。もう一つ配達依頼を見繕えば、それでちょうどお昼時になるだろうか。

「じゃあね！　いってきまーす！」

「いってらっしゃーい！」

出口で振り返って片手を振ると、カウンターの受付さんたちがみんな手を振ってくれた。そして、それ以外の無骨な手もたくさん振られていた。ちょっとはにかんで笑うと、オレはギルド中にぶんぶんと両手を振った。みんな、いってきまーす！

『まずはどこに行くの？』

「ふふっ、いつものとこだよ」

『ぼく、分かった！　あそこだね！』

お耳としっぽをピンと立てたシロは、一声鳴くとトットコ走り出した。

「ウォウッ！」

「こんにちー――」

バタン！

内側から思い切り開いた扉に、危うくおでこをぶつけそうになって、慌てて飛びのいた。

「待ってたよぉ！　シロちゃーん!!」

『お姉さん、いつもありがとう！』

扉の中から飛び出してきた人物が、ひしっとシロを抱きしめて頬ずりした。目の前でゆらゆらと左右に揺れるのは、ベージュのポニーテール。

「ねえシーリアさん、シロと遊びたいなら配達を頼まなくてもいいよって言ったでしょう。ちゃんとまた来るから……」

「えっ!?　いつの間に!?」

君もいたのか⁉　と言わんばかりの台詞に頬を膨らませた。白犬の配達屋さんは、本来オレがメインですけど！

「で、でもこうして頼んだ方が、シロちゃんが喜んでくれるだろう？」

シーリアさんはオレの様子などどこ吹く風で、ちょっと頬を染め、チラチラとシロを窺った。

『えっと、ぼくお仕事できるのは嬉しいよ！』

「そうだろう！　な、その方がお姉さんのこと好きになるだろ？」

『ううん、そんなことしなくても、ちゃんとお姉さんのこと好きだよ！』

「シ……シロちゃ～～ん‼　なんていい子なんだ！」

シーリアさんは、涙ながらにひしっとシロに抱きついた。ちなみに、シロの言葉はシーリアさんには聞こえていない……いないはずだ。

「――それで、今日はどこにお届け？」

頃合いを見て声をかけると、シーリアさんが名残惜しそうに荷物を取り出した。いつも通り、小型幻獣用フードをお届けだね。

「じゃあね！　また来るからね――！」

「その……ま、待ってるからな！」

モジモジしながら手を振る視線は、ほぼシロにしか向いていない気がする。シーリアさん、ちゃんとオレの名前を覚えてくれているだろうか。

『お姉さん、おもしろいね』

「そうだね。――オレの前では、もっと頼れるお姉さんだった気がするけどねぇ」

くすっと笑ってシロを撫でた。軽い足取りに揺られ、首回りの長い毛並みがサラサラとなびいて、オレの手をくすぐった。ぴこぴことよく動く大きな三角耳が、撫でる手に伴ってぺたりと伏せては持ち上がる。

『あの姉さんとルルはいいヒトだ！』

シャキーン！　シロの頭に駆け上がったチュー助が、無駄にポーズを決めた。もらった服が得意で仕方ないらしい。これは着替えも用意してあげないと、洗濯するのに一悶着《ひともんちゃく》ありそうだ。

『メイドさんにお願いしたら、喜んで作ってくれそうじゃない？』

なるほど！　カロルス様のところには、裁縫《さいほう》や衣装作りが好きなメイドさんがいるんだ。おかげで変な衣装をやたらと勧められるのには困っているけれど、チュー助ならメイド服だろうがバニーガールだろうが、きっと喜んで着て……はくれないかな、さすがに。

『きっと楽しいわぁ！　いろんなアイディアがあるのよ。チュー助も楽しみにしているといいわ！　ゆうた、今度通訳してちょうだい！』

ウキウキと伸び縮みするモモは、メイドさんとさぞかし気が合うだろう。ひたすらそれに付き合うことになるかと思うと少々気が滅入るけれど、たまにはモモに付き合って楽しむのもいいかもしれない。犠牲になるのはオレじゃないしね！

『おかしいな……俺様、なんかあんまり嬉しくない』

チュー助は何かを悟ったのか、小さな手で自分を抱きしめて身を震わせた。

さて、お次は指名依頼でない分をこなしていこう。もう1件受けたのは通常依頼なので、きっとオレたちを知らない人だろう。シロを見てびっくりしないといいな。

さっそく依頼人のお家へ行くと、驚かせないよう、オレが扉の前に立ってノックする。コンコンと小気味よい音が響くか響かないかのうちに、バーンと扉が開いた。びくりと肩をすくませると、中から覗いた丸い瞳と視線が絡んだ。あ、と声をかけようとした途端、開いた時と同じ勢いで扉が閉められ、今度は手を食われそうになって飛び退いた。配達屋さんには、意外と危険がつきものだ。特に、扉は危険なものだからね。

「ママー！　おっきなわんちゃんとちっちゃい子が来たよー！」

閉まった扉の向こうで、ばたばたと家の中を走る音と大きな声が響いた。

「――まあ、あなたが届けてくれるの？」

赤ん坊を抱えて出てきたママさんは、オレを見て目を丸くした。その足下からは、オレの手を扉に食わせようとした犯人が、ジッとシロに視線を注いでいる。オレと同い年くらいだろうか、おさげの女の子だ。

「白犬の配達屋さん……確かに聞いたことあるわね。まあ、届かなくても何てことはないし構わないかしら。頑張ってね！」

オレの見た目に不安そうだったけれど、ちょうど赤ん坊が泣き出し、慌ててオーケーを出してくれた。今回はどうやら、知り合いの家に果物を届けて欲しいという依頼のようだ。

「ママ、わんちゃんと遊びたい！」

「わんちゃんはこれからお仕事なのよ」

「じゃあママが遊んで！」

「ママはこれからお昼を準備しなきゃ――」

あああ……反り返って泣く赤ん坊に、ママさんのスカートを引きずり落とす勢いで引っ張って泣く幼児。もう、ママさんの方が泣きそうだ。

『かわいいぼうや、どうして泣いてるのかしら～？　ふわふわお姉さんが慰めてあげるわよ？』

「あ、あの、一緒に行く？」

ぽん、と赤ん坊の目の前に飛び出したモモと、オレの台詞に、双方がピタッと泣き止んだ。言質《げんち》を取ったぞ？　とでも言いそうな幼児の視線が怖い。

「行く！」

力一杯答えた女の子に、ママさんが困った顔をした。

「そうは言っても……配達の迷惑になるだろうし」

「一緒にシロに乗っていくだけだから、大丈夫。急がないならゆっくり行くね？　お昼前に戻ってきます！」

赤ん坊がモモを離してくれなくなったので、お留守番兼お守りに置いて、オレと女の子はシロに跨がった。

「わんちゃん、サラサラ！　きれいだね！」

オレの前に座った女の子は、瞳を輝かせてぎゅっとシロの首を抱きしめた。

『ゆーたが上手にブラッシングしてくれるからだよ！』

得意げに胸を張るシロは、何をされても揺るがない大樹のようだ。一方でちっとも落ち着かずに毛を撫でたり耳を引っ張ったり、きゃっきゃとはしゃぐ女の子に苦笑した。ママさんって大変だ。配達の間、少しでもママさんが休憩できたらいいな。オレはことさらにゆっくりと目的地へと向かった。

「この子はシロって言うんだよ。君のお名前は？」

「あたしはアーニよ！　弟はね、ダーナスって言うの。生まれたばっかりでね、あたしお姉ちゃんなの！　ミルクをあげたこともあるんだから。お庭の木にね、いっぱい実がついて、昨日はいっぱい採ってね――」

シロにすりすりしながら、とめどなくおしゃべりが溢れてくる。あっちこっちへ飛ぶ内容はなかなか理解が難しかったけれど、オレはただ頷いて相槌《あいづち》を打っていればいいようだ。ママさんが忙しい分、アーニちゃんも色々と我慢していたのかもしれないね。

「アーニちゃん、まだ子どもなのに色々がんばってるんだ。すごいね！」

「そうよ、あたし苦労してるの。でもあなただって、子どもなのにがんばってると思うわよ？」

急にお姉さんみたいになったアーニちゃんは、シロに抱きついて、すました顔でそう言った。


「おっ？　ユータ何やってんの？　いっちょ前にデート？」

からかい口調に振り返れば、アレックスさんがテンチョーさんに小突かれていた。

「お仕事してるんだよ！　2人も依頼受けてるの？」

「午前の依頼が案外早く終わったからな、一旦戻ってきたんだ」

ほんのり口の端を上げたテンチョーさんが、えらいぞ、とオレたちの頭を順番に撫でた。にっこりするオレとシロとは反対に、大柄なテンチョーさんが怖かったのか、アーニちゃんは急に無口になってシロに身を寄せてしまった。

「怖くないよー、カッコイイお兄さんだよー」

すかさず登場したアレックスさんが、変顔とキメ顔を交互にやってみせ、見事アーニちゃんを破顔《はがん》させる。うん、さすがはアレックスさんだ。

「私は怖いのか……？」

一方のテンチョーさんは、どんよりと影を背負って背中を丸めていた。だ、大丈夫、ちょっといかついけど、硬派な感じでカッコイイと思うよ！　オレは好きだな！

「あのねー、あたしおばちゃん家《ち》にお庭の実を届けにいくの！　そしたらね、おばちゃんがきっと美味しいジャムを作ってくれてね——」

調子を取り戻したアーニちゃんは、今度はアレックスさん相手にマシンガントークを繰り広げていた。せっかくの休憩時間だろうに、とりとめのないおしゃべりにちゃんと相槌を打つ姿は、タイプは違えど、やはり面倒見のいいお兄さんだ。

テンチョーさんの方はアーニちゃんとのコミュニケーションを諦めたのか、さっきからずっとシロを撫でている。

「大きいな……ユータのベッドで寝ているのは知っていたが、こうして見ると迫力があるな。賢そうだし、犬とはいえ召喚獣として立派に働けるな」

面と向かって褒められ、シロはもぞもぞと妙な動きをしている。

『俺様だって！　名剣だぞ！　ひれ伏すがいい！』

頭の上まで登ったチュー助が偉そうに胸を張った。

「おお、下級精霊か！　人語を話すなんて珍しいな。でもネズミだろう？　なぜ犬なんだ？」

「ユータのことだから、メーケンって名前なんじゃない？　かーわいい！　俺もこんなマスコット欲しいな！」

『いや犬って⁉　ち、ちがっ――ま、マスコット……かわいい？』

怒るべきか喜ぶべきか、思いのほかツッコミどころの多い台詞に、チュー助はしばしフリーズした。

賑やかな周囲の様子を感じたのか、胸ポケットがもそもそ動くと、わさっと葉っぱが突き出してきた。

「あっ、起きたかな？」

「ゆ、ユータ⁉　それはなんだ……？」

「ムー……ムゥ！」

よいしょっとポケットの縁に小さなお手々（？）がかかり、葉っぱの下からぴょこりとつぶらな瞳が覗いた。ムゥちゃんは普段窓辺の鉢で眠ってるから、２人はあまり馴染みがなかったかな？

「これはムゥちゃんだよ！　かわいいでしょ」

「う、うむ、かわ、いい……確かに、かわいいな。いや、しかしこれマンドラゴラじゃ——？」

煮え切らないテンチョーさんの台詞に、どれどれと覗き込んだアレックスさんが顔を引きつらせた。

「ぎゃーー！　ユータ！　なんてもの持ち歩いてんだ！」

大声を上げて飛びすさるもんだから、そこらの通行人までビクッと肩を揺らし、ムゥちゃんはきょとんと体を傾けてオレを見上げた。

「わ、これなに？　かわいいー！　あたしもほしい！」

アーニちゃんが、ポケットのムゥちゃんを見つけて歓声を上げた。

「あ、アーニちゃん!?　ダメだよ、そんな危険生物触っちゃ！　てかなんでそれ動いてんの!?て、テンチョー助けて！　俺のテンチョー！」

「ムムゥ？」

こんなかわいいムゥちゃんに何言ってるんだか。セミのように背中に張りついて大騒ぎするアレックスさんを、テンチョーさんはため息を吐いて引きはがした。

「すまん、邪魔したな。私たちは飯でも食ってくるよ、頑張るんだぞ」

テンチョーさんはひらひらと手を振ると、そのままアレックスさんの首元をホールドして引っ張っていった。そういえばアレックスさんって、マンドラゴラは苦手だっけ。でもまさかムゥちゃんもダメだとは思わなかった。

すっかりムゥちゃんに夢中になっているアーニちゃんと、こんなにかわいいのにね、と顔を見合わせて笑った。

「おばちゃーん！　アーニがお届けに来たのよ！」

アーニちゃんはオレがノックするより早く、ばーんと扉を開け放って飛び込んでいってしまった。この光景、既視感があるよ。

「あ、あのー、お届けに来ました」

おずおずと覗き込むと、恰幅《かっぷく》のいい女性がアーニちゃんを抱き上げて手招きしていた。

「ほら、あんたも入っといで！」

「は、はい！　あのね、これお届け物です！」

ひとまずお仕事を済ませなきゃ。慌てて収納から荷物を取り出すと、ふわっと甘酸っぱい香りが鼻を掠める。みっちりと果物の詰まった袋はとても重くて、よっこらよっこらおばさんに手渡した。これを、赤ん坊片手にあのママさんが運ぶのは相当無理があるだろう。そう思うと、とても役に立っている気分だ。

「――へえ、こんなちっちゃな子が冒険者として働いてるのかい、ご苦労さんだねえ」

請け負った配達はこれで終わりだと聞くと、おばさんはオレたちに椅子を勧めた。昼までにまだ時間があるし、お言葉に甘えよう。ママさんが昼食の準備やお仕事を済ませて、少し休憩する時間がとれるといいな。

テーブルにどん、と大きなピッチャーが置かれ、空のグラスが3つ。ピッチャーの中には、淡い桃色の液体が揺れている。おばさんも額の汗を拭って席に着いた。

「あんたが持ってきてくれた実も、来年こうなるよ」

物珍しげに覗き込んでいたのがバレたようだ。懐かしいな、近所で採れた梅の実で、ジュースを作ったことがあったっけ。

「あたし、ジャムがいい！」

「いっぱい持ってきてくれたからねえ、よしよし、ジャムも作ろうかね。もうすぐ畑のアマイモも収穫だから、あれも干さなきゃなあ」

きゃっきゃと喜ぶアーニちゃんと、忙しくなるねと笑うおばさん。ああ、こういうの好きだな。オレの、懐かしい日常。汗を拭いながらジャムを煮詰めていたこと、その甘い香りまで思い出して、ふわりと微笑んだ。

「お昼はママが用意してるんだろう？　これだけ飲んでいきなよ」

そう言って持ち上げられたピッチャーは、どう見ても常温だ。畑から帰ったばかりらしく、しきりと汗を拭うおばさんが気の毒だ。オレはせめて、とピッチャーに手を伸ばした。

「えっ？　ひゃあ!?」

キン、とピッチャーを冷やすと、おばさんは腰を抜かさんばかりに驚いた。

「あ、ごめんなさい、オレ冒険者だから魔法使えるの。冷たい方が美味しいかと思って」

「あれまあ！　魔法使いさんかい？　便利なもんだよ」

おばさんはあまり魔法使いに詳しくないらしい。小さいのにすごいもんだと、しきりと感心しつつ、簡単に納得してくれた。

よく冷えた桃色のジュースは、微かに残る繊維《せんい》が喉越しに重量感を与えて、1杯でも十分満足だ。サクランボとスモモを合わせたような爽《さわ》やかな酸味と香りは、縁側で座って飲んだ、あの時の風を思い起こさせた。


「ありがとねえ！　またおいで！」

シロは一声鳴くと、手を振るオレたちを乗せて歩き出した。美味しいジュースをご馳走になって、しっかり甘えられたアーニちゃんも、満足そうにおさげを揺らしている。

『なんだか、雨が降りそうな匂いがするね』

「ホントだ、ちょっと曇ってきたね」

暑いほどに照っていた太陽が灰色の雲に隠れ、街行く人も足早になり始めた気がする。

「あたしお腹空いてきちゃった。それに、早く帰ってママに見せてあげなきゃ！」

アーニちゃんは大切に抱えた瓶《びん》を掲げた。おばさんのところでもらってきた、アーニちゃんお気に入りのジャム。きらきらした赤いほっぺは、わくわくと前を見つめていた。

――と、シロが足を止めて天を仰いだ。

「どうしたの？」

『うん……あのね、よくない匂いがする。急ごう！』

シロの真剣な面持ちに、こくりと頷いてアーニちゃんを後ろから抱えた。

「ちょっと急ぐから、しっかり掴まってて」

何の疑問も持たずに、アーニちゃんは言われるままにシロにしがみついた。走り出したシロの視線の先に、うっすらとたなびくものが見えて、オレの胸はどきりと鳴った。

「――ねえ、どうしてみんなこっちに走ってるの？」

家に近づくにつれ、人々の慌ただしい動きが目につき始める。何かを感じたアーニちゃんは、不安な面持ちで周囲を見回し、ついに空を見上げた。

「えっ!?　あれ、何？　どうしてあんなに煙が上がってるの？　ううん、違うわ。お家じゃない、あたしのお家じゃないよね⁉」

カタカタと震え出した小さな体を、オレはぎゅっと抱きしめるしかなかった。


「――‼」


もうもうと上がる黒煙《こくえん》と、溢れる炎。オレとアーニちゃんは、お家の前で呆然と立ち尽くした。一面に広がる煙の中で、アーニちゃんの白くなった頬を炎が照らし、ちりちりするほどの熱をはらんだ風が、髪を揺らした。その瞬きもしない無表情に、オレはハッと我に返ってアーニちゃんの手を取った。

「アーニちゃん、心配しないで！　大丈夫、大丈夫だよ‼　白犬の配達屋さんは、配達できなかったことはないんだから！　だから……だから！　ちゃんと、アーニちゃんも家族のところへ届けてあげるからね！」

ただ炎を映すだけだった大きな瞳には、確かに小さな少年が映り込んだ。オレは強張った頬をゆっくり引き上げ、にっこりと笑ってみせる。大丈夫だよ、オレはこんなだけど、頼れる仲間がたくさんいるんだから。

唇を結んで振り返ると、キッと炎を見つめた。大丈夫、ママさんはきっと無事だって信じてる。でも、まずはこの炎をなんとかしなきゃ。

大がかりな水魔法を使えば……でも、それで家全体が崩れたら、もっと危ないかもしれない。

「ラピス！」

「きゅ！」

すぐさま応える頼もしくも小さな瞳は、炎に負けない熱気を秘めてオレを見つめた。

「雨を喚べる⁉　この火を消せるぐらい、たくさんの雨を！」

——任せるの！

一時の迷いもなく頷いたラピスは、一声鳴いて舞い上がった。黒煙に覆われた空に、呼応した管狐部隊が次々と現れる。それはまるで、空に花が咲いていくようだった。

『たくさんの雨がいるの！　みんなで降らせるの！』

「「「「きゅーっ」」」」

管狐部隊が空へ散ると、薄曇りの空がみるみる暗くなり、バケツの底が抜けたような豪雨が降り注ぎ始めた。

「た、助かったぞ！　雨だ！」

せめて延焼《えんしょう》しないようにと、まさに焼け石に水状態でバケツリレーをしていた人々が、救いの雨に歓声を上げた。

どおどおと降り注ぐ雨は、全ての音を掻き消し、徐々に炎を煙へと変えていった。オレたちの足下には煤《すす》なのか泥なのか、見る間に黒い川が流れ始める。周囲の熱はあっという間に下がり、街の人たちの煤けた顔も、アーニちゃんのくしゃくしゃになった顔も、きれいに洗い流されていった。

「あ、アーニちゃん!? あなた無事だったのね? よかった、あなただけでも——」

「……ママはどこ? あたしの小さい弟は?」

知り合いらしい女性は、ぽつりと呟いたアーニちゃんを抱きしめ、声を詰まらせた。

「おい、離れろ、崩れるぞ!」

その時、煙を上げる家の一角がガラガラと崩れ落ちた。虚《うつ》ろな目をしていたアーニちゃんが、ハッと顔を上げる。

「ママが! ママー!!」

小さな手は、突如女性の手を振りほどいて駆け出した。

「アーニちゃん!? ダメよ! まだ危ないわ!」

慌てて追いかけた人たちをあざ笑うように、アーニちゃんの頭上が崩れかかる。ぎゅっと目を閉じてすくんだ体は、随分と小さく感じられた。

『危ないよ? 一緒に行こう』

予想した衝撃の代わりに、アーニちゃんの頬を優しい風が撫で、ふわりと柔らかなものが小さな体を支えた。恐る恐る開いた瞳を覗き込んでいたのは、穏やかなブルーの瞳。白銀の獣は、ぺろりと頬を舐めると、そっと身を寄せた。

「わんちゃん……一緒に、来てくれる？」

ぎゅっと白銀の被毛を掴んで、アーニちゃんは前を見つめた。丸っこい寸足らずの指は、確かに震えていたけれど、踏み出した足は止まらなかった。


「アーニちゃん、戻るんだ、まだ崩れるかもしれない！」

アーニちゃんを追ってきた人たちは、室内へ駆け込んでピタリと足を止めた。

「ママ！　ママぁ！　起きて!!」

母にすがりついて一生懸命揺さぶる幼子の姿は、本来なら随分と悲哀を誘う光景だったのだろう。しかし、大多数の人が想像した光景と、それは少しばかり様子が違った。

「起きてってば！」

閉じられている瞳をこじ開けようと、小さな手が必死に体を揺すった。街の人たちが痛ましげに顔を歪めた時、固く閉じられていたはずの瞼《まぶた》が震えた。

「――うーん？　ああ、いけない、寝ちゃってたのね。おかえり、アーニ。あらあら、アーニったらどうしてそんなに泣いてるの？　やっぱりお使いは早かったんじゃ――」

まるでただの日常の1ページのように、ママさんは眉根を寄せてソファーから身を起こした。小さなあくびをしながら視線を上げると、ぱかりと口を開けたまま動きを止める。そして、同じようにぱかりと目と口を開けた人々と視線を交わした。静止した時間の中で、眠る赤ん坊の手から、そっと桃色の毛玉が滑り落ちた。

不満げに泣き出した赤ん坊の声だけが、焼け焦げひとつない室内に響き渡っていた。

「モモ、ありがとう！　本当にモモがいてくれてよかったよ」

『なんとかなったわね。シールドで煙も防げるのか、ちょっと心配だったのよ』

騒ぎが大きくなる前に、こっそりと抜け出してきたモモ・シロと合流すると、モモの柔らかな体を思い切り抱きしめた。モモがいるから大丈夫って思ってたよ！　でも、やっぱり不安だったんだ。ふにゃりと変形したモモが、慰めるようにオレの頭をぽむぽむと叩いた。

『お安いご用、ってね。さ、わたしたちはサッサとここから離れるわよ』

ややこしいことになっても困るので、オレたちは促されるままにその場を離れた。火事の現場から離れ、やっと落ち着いた人の流れに混じると、ほっと力が抜ける。なんだか今回は随分大変な配達だったなぁ。

オレが何か活躍したわけじゃないけれど、大きく息を吐いて、シロの背中にべったりうつ伏せた。ちょうどよく、屋台から漂う美味しい香りにお腹がきゅうと鳴った。そういえばとっくにお昼を過ぎちゃっている。

「あーお腹空いたね、屋台で何か買って食べる?」

漂う疲労感に、昼食を作ろうという気にはちょっとなれなかった。さて、どの屋台にしようかと首を巡らせたところで、何かがびたんとおでこに張りついた。

——お外でばーばきゅーんするの! ラピスもちゃんとしたいの。

「……ばーばきゅーん? あ、バーベキュー? そっか、ラピスはこの間ゆっくりできなかったもんね」

ほっぺにスリスリしながら訴えるラピスに、どうしようかなと腕を組んで唸った。バーベキューなら材料を切るだけだから作るってほどでもない。材料もある。お外は何回か行ったし、ラピスやシロがいるから、オレ1人で行っても問題ないと思う。ただ、問題があるとすれば、門から出られるかなぁってこと。

「何言ってるんだ、ダメだよ! 君1人だなんて。せめてお兄さんたちと行きなさい。100歩譲ってもし魔物が問題なかったとして、迷子になったり、悪い人がいたらどうするんだ」

やっぱり〜。門まで来てみたけれど、案の定止められた。シロに乗ってるから魔物は寄ってこないと言ってみたものの、なんだかんだ言って、どうしても1人で行かせてもらえそうにない。オレが迷子になったって、シロが迷子になることなんてないのに。

「きゅう……」

ガッカリしたラピスが門ごと吹っ飛ばしそうだったので、そそくさと街へ戻ってきた。耳もしっぽもしゅんと垂らしたラピスは、シロの頭に座って項垂れている。

うーん、どうしたものか。しょげた小さな背中が切なくて、そっと手のひらにすくい上げて撫でた。

『いっそ、転移して行けばいいんじゃない？』

『そうだぜ！　モモ賢い！　それなら万事解決！』

もにもにと伸び縮みするモモと、はしゃぐチュー助がハイタッチ（？）した。なるほど！

でもダメって言われて行くのも、少し気が引けるなあ。

――転移したら、ばーばきゅーできるの？

オレは、期待を込めて見上げる群青《ぐんじょう》の瞳に苦笑した。

『だからって俺のところに来るんじゃねーー！』

さすがに門番さんの目の届くところでバーベキューするのは気が引けて、結局やってきたルーの湖。いつも通りごろごろしていたルーは、突如騒がしくなった周囲に金の瞳を険しくした。

「でも、これからバーベキューするんだよ？　美味しいお肉を焼いて食べるんだよ？」

不機嫌に振られていたしっぽが、ピタリと止まった。

『食ったら出ていけ』

フン、と背中を向けた割に、期待に満ちてひょこひょこするしっぽが可笑しい。

お許しも得たことだし、ここなら他に誰もいないから、管狐たちもみんな呼んじゃおう。今日は大活躍だったたし、バーベキューはたくさんでした方が楽しいもんね。

「ムィ？　ムゥ？」

まずはポケットからムゥちゃんを取り出すと、キッチン台に鉢を設置した。ムゥちゃんは初めての場所に、きょろきょろと興味深げに葉っぱを揺らしている。ここは生命の魔素が豊富だから、きっと心地いいだろう。鉢の中で落ち着いたムゥちゃんににこっと笑うと、さっそく準備に取りかかった。

『ねえ、鬼ごっこしよう～！』

「「「きゅっ！」」」

『シールド張るのはアリかしら？』

お肉はあんまり小さく切ると美味しくなくなっちゃうから、小さい組の分は焼いたあとで小さくしよう。何やらきゃあきゃあはしゃぐ様子に微笑むと、オレはせっせとお肉の準備をしていった。野菜はみんなあまり食べないから、主にオレの分でいいかな。

『うるせ――!!』

ドドドッと走り抜けたシロに踏まれて、ルーが跳ね起きた。

――陣形をとるのっ！　ルーが鬼なの！　掴まったら今日のお昼ごはんになるの！

「「「きゅうーっ」」」

『私って食べられるのかしら？』

『ごめんなさ――い！』

派手な追いかけっこは白熱の一途を辿っているようだ。たまにはこうして思い切り駆け回るのもいいだろう。でも、森を破壊しないでね。

『全く……ガキどもは気楽でいいな』

「ピピッ」

熾烈《しれつ》な追いかけっこについていけるはずもないチュー助は、まるでセレブの日光浴よろしく、大きな葉っぱの上で寝そべっていた。その隣でウトウトしていたティアが、ふと何かに気付いてオレの肩へ移動した。

――まずいの、散開ッ！

「「「きゅ！」」」

『おわーっ⁉』

散り散りになった管狐部隊が、ぼぼぼっ！　とチュー助の脇を通り抜ける。滑り落ちた小さな手がかろうじて葉っぱの縁を掴んだ。

『わーい、待って～！』

『ひぃ～！』

きゃっきゃと楽しげに走り去ったシロの風で、チュー助の掴んだ葉っぱが激しく揺れた。

『あ、ちょっとどいてどいてー！』

続いて飛び出してきたモモが、止まりきれずにぽーんとチュー助をはねていった。そして直後に通りすぎる漆黒の風。

『ぎゃーー！』

小さな体がくるくると見事に空中を舞っている。チュー助危ないよ、もう焼き台を準備してるんだから。

「オーライオーライ！」

ユータ選手、見事にキャッチ！　にっこり笑って帽子をとったつもりで一礼。またうろうろしてはねられてもいけないので、とりあえずチュー助を胸元に突っ込むと、小さな手がひしっとオレにしがみついた。

『あ、主ぃ〜〜！　怒って！　みんなが俺様をはねたの！』

ふるふるふると震える柔らかな毛玉は、とても温かくてくすぐったい。よしよしと撫でると、チュー助はうふっと口元を緩めてくっついた。甘えたい時に甘えればいいんだよ？　どうも頼れるお兄さん……のつもりらしいチュー助は、素直に甘えるのが下手くそだ。

一通りお肉のカットを終えたし、オレも少し休憩しよう。ふう、と息を吐くと、行儀悪くキッチン台に腰掛けた。

「もう、みんなはしゃぎすぎだね。チュー助も遊んでていいんだよ？」

『俺様オトナだから、ここでだいじょぶ』

満足そうにニヨニヨと歪む口元を押さえると、チュー助はぺったりと体を寄せて目を閉じた。


「みんなー、ごはんだよ！」

しばらく休憩したものの、激しいお遊びは終わる気配がないので、仕方なく声をかけた。途端に、鳴り響いていた音がピタッと止んだ。みんな何してたの？　なんだかすごい音がしていたけれど。

——ばーばきゅーするの！

「「「きゅきゅー！」」」

「わっ？　どうしてそんなにびしょびしょなの」

飛び込んできたラピス部隊は、よれよれの毛皮で水を滴らせていた。

――ルーが湖に叩き込んだの！

「「「きゅきゅ！　きゅきゅきゅきゅ！」」」

随分と激しく遊んでいたんだね……。しっぽをふりふり元気に駆け戻ってきたシロも、ボサボサになってしまっている。シロの頭で揺れるモモだけは無事なようだ。

「ルー、もうちょっと加減して遊んであげたら？」

『うるせー！　遊んでねー!!』

仏頂面《ぶっちょうづら》で戻ってきたルーも、あとでブラッシングが必要だね。台詞ほど機嫌が悪くないのは、普段より生き生きした気配で伝わった。ルーもごろごろしてばっかりじゃなく、たまにはたくさん動くといいんじゃないかな。

「さあ、焼いていくよ！　自分で焼きたかったらここから取ってね！」

小さな瞳も大きな瞳も、じっとオレの手元に視線を注いだ。長い箸で一切れ摘まんで、鉄板ならぬ石板に載せる。途端に小気味よい音と動き出したお肉に、ラピス部隊がぴょんぴょん跳ね、シロとルーがべろりと口元を舐めた。２人にはちまちま1枚ずつ焼いていられないので、大きな塊肉もどーんと置いてある。それこそ表面さえ炙ればいいんじゃないかな。

特性たれをつけながら、せっせと食べて、せっせと焼いて。ラピスたちには小さく切ってあげようとしたのだけど、大きな一切れをみんなで咥えて引きちぎっては食べている。綱引きのようで微笑ましいと見ればいいのか、まるで肉食獣の群れのようだと戦慄を覚えたらいいのか。なかなか難しいところだ。

見た目は小鳥のティアも、一応なんでも食べられるようだけど、焼いただけのお肉はあまり食べない。どうやら見栄えのよいものや甘いものだと食べるようで、お肉よりも彩りに入れた野菜の方をついばんでいた。ティアも栄養のために、というよりも「食べてみたいから」食べている気がする。

『俺様、主のところに来てよかったよ、ホントに』

すっかり機嫌を直したチュー助が、しみじみと言った。オレのところに来てよかったのは、ごはんが美味しいことだけ？　と思わなくもないけれど、嬉しそうに頬張っているのを見ると、それはそれでいいかなと思った。

「ムゥちゃんも、はい、どうぞ」

「ムゥー！」

バーベキューが落ち着いた頃合いを見計らって、楽しげに揺れていたムゥちゃんにお水をかけてあげる。葉っぱに当たったお水が小さな飛沫《ひまつ》になってきらきらと輝き、それを掴まえようと、小さな手がぱたぱたとせわしなく動いた。

「気持ちいいね！　さすがにムゥちゃんはお肉を食べられないし、お水しかないけど……」

せめてと、日当たりのいい場所に小さなお椀を置いて、生命魔法をたっぷり注いだ水を満たしておいた。いそいそとやってきたムゥちゃんが、温度を確かめるようにお椀に手を入れ、ぱちゃぱちゃとさせる。

「ムゥ！」

どうやら合格したらしい。ひとつ頷いてよじよじとお椀に登ると……頭からばしゃんと転がり落ちた。

「だ、大丈夫？」

そもそも呼吸とかしてるんだろうか？　今ひとつ生態が分からないけれど、体勢を整えてあげれば、嬉しそうに葉っぱを振って水を飛ばした。

しばしムゥちゃんと戯れ、お肉祭りの方へ戻ってみると、満足したらしいルーとシロがでっかくスペースを使って横たわり、モモが残りものを平らげていた。

——ユータ、楽しかったの！　またやるの！

「「「きゅきゅ！」」」

苦しげにころころと転がっていたラピスたちが、わらわらと飛びついてきた。でも、ちょっとストップ！

「きゅ？」

胸元に飛び込む前にキャッチされて、つぶらな瞳がきょとんと首を傾げた。

「みんな、べったべたになってるよ」

全身でお肉を堪能したらしいちびっこたちは、チュー助含め全身油とタレまみれだ。大きなたらいにお湯を張れば、みんなきゃっきゃと嬉しそうに飛び込んだ。順番にきれいに拭いながら、そういえばブラッシングもしなきゃいけないんだったと思い出した。

どうせなら居心地のいい場所で、とふかふかした苔のクッションに座ると、木に背中を預けて足を投げ出した。

「さあ、順番だよ。みんなおいでー」

ぽんぽんと膝を叩くと、みんなが歓声を上げて駆け寄ってきた。シロは体を起こしたものの、最後でいいよ、と再びルーの体に顎を載せて目を閉じた。ルーに至ってはピクッと耳しか返事していないけれど、寝たままやれと、そういうことだろう。

オレはきらきらと波打つ湖面を眺めつつ、ゆったり小さなブラシを滑らせた。手のひらに載せた管狐たちのほわほわしたお腹と、時々当たる小さな爪のチクチクした感触。オレより高い体温が手のひらを温めて、うつらうつらするみんなに釣られるように、オレもうとうとしてしまう。

「――あれ？　起きたの」

いつの間にか意識を飛ばしていたらしいオレは、何かにさわさわと頬を撫でられて目を開けた。白黒のソファーのようにシロと折り重なって寝ていたルーが、いつの間にか起きている。

「どうしたの？」

『別に、何もねー』

そっぽを向いたルーは、まるでしっぽが当たっただけだと言いたげに、素っ気なく答えた。

嘘だぁ！　絶対わざと起こしたでしょ。

まだ眠いのに……仕方なく体を起こすと、お腹の上をラピス部隊がころころと転がった。みんな、オレをベッドにしてたんだね。そういえばブラッシングしながら寝ちゃって――ああ。

くすっと笑うと、ラピス部隊を抱えてシロの上へ載せた。すぴすぴと気持ちよさそうに寝ているから、シロはあとで大丈夫かな。

「はい、お待たせ。ルーもブラッシングしようか」

ルーの耳がピクピクッと動いた。させてやってても構わんと言わんばかりに、いかにも気怠げに体勢を整える。ただ、早くしろと急かす耳としっぽで台なしだと思うけれど。

「バーベキュー、楽しかったでしょ？」

いつもより乱れた毛並みにブラシを通すと、ルーは目を閉じて鼻で笑った。

『食事は楽しいものじゃない。美味いか、マズイかだ』

「じゃあ、美味しかったでしょ？」

『……上等の肉を焼いてマズイわけがない』

どうして素直に美味しいって言わないの。堪えきれずに笑うオレを、金の瞳が睨んだ。

「マズイより美味しい方がいいね！　つまらないより、楽しい方がいいね」

ルーが何を楽しく思うか分からないけど、美味しいと思えるのは、少なくとも嫌な気分じゃなかったんじゃないかな。

「ねえ、ルーは普段食事は1人なの？」

ふと気になって手を止めた。この美しい森の中で、ルーは毎日1人で食事をとっているのだろうか。

『別に……気が向かなきゃ食わねー。魔素を取り込めばいいことだ』

止まった手に不満げな視線を感じて、慌ててブラシを動かした。それってなんだか仙人みたいだね。でも、オレもフェリティアの魔素を取り込んで空腹を紛らわせていたから、そういうものだろうか。

ただあれは、緊急事態だったから。どうにも仕方なくそうしていただけで、それで生きてはいけるけれど、食べなくてもいいとは思わない。現に、あの時ニースたちと食べた保存食の、なんと美味しかったことか。

「また、一緒にごはん食べようね。オレ、ルーと一緒にごはん食べるの楽しいよ？」

ばふっと大きな体に抱きつけば、ルーはごろりと転がった。ふかふかの被毛が柔らかくオレを包んで、しなやかな肢体《したい》がしっかりと受け止める。あのね、オレはルーといるのが大好きだよ。ぎゅっとしがみついて顔を埋めると、ルーの低い声が体に響いた。

『……美味いものを持ってくるならな』

精一杯の返事に、オレは満面の笑みで頷いた。

あとがき

ユータ：もふしら5巻を手にとっていただき、ありがとうございます！　皆様のおかげでなんと5巻！　いよいよ冒険者だね！　仲間も増えて、賑やかになってきたよ！
シロ：いっぱい増えて楽しいね！　うれしいね！（にこっ！）
ムゥちゃん：ムゥ！（にこにこっ！）
エリーシャ：ああ、心が洗われるような笑顔だわ！
マリー：浄化されて消えてしまいそうです！
セデス：マリーさんて全部悪いものだったの……？
カロルス：はっはっは！　違いねえな！　おう、グレイも浄化してもら――うおっ⁉
マリー&グレイ：――ついうっかり手足やそこらが滑ってしまいました。
カロルス：滑りすぎなんだよ！　せめて手だけにしろっつうの！　なんで俺だけ……。
セデス：父上、今回ユータに多大な迷惑をかけたもんね～！　罰があたったかな？
ユータ：それはセデス兄さんだって一枚噛んでると思う～！
カロルス：そうだよな！　それに俺はちゃんとユータの願いを聞いたからな！
セデス：あんなのただのご褒美じゃないか！　ユータじゃなくて父上の！　ずるいよ！

マリー&エリーシャ：……（私たちもご褒美あったわね）
セデス：くっ……次は僕だってユータとお出かけを……！
シロ：――ねえ！　どうしてそんな所にいるの？　こっちにおいでよ！
スモーク：なっ!?　ひ、引っ張るなこのバカが！　放せ!!
ユータ：あ、シロだめだよ。スモークさんは隠れてるつもりなんだから、見付けちゃだめなの！
一同：ユータ……。
ラピス：ユータはやっぱりぽんこつなの……。

今回で5巻……コミカライズ版も2巻が発売されました！　本当に、本当に有り難いことだと身を引き締めております。なんとか手に取ってくださる方々へ感謝を返せるよう、お話で心を癒せるよう努めていきます。皆さまにとって「疲れた心でふらっと立ち寄れる世界」になれますように。

また、ひつじのはねのTwitterアカウントでは、時々お礼のプレゼント企画なども行っていますので、ご興味のある方はぜひご参加ください。

最後になりましたが、毎回素敵なイラストを描いてくださる戸部 淑先生、そして関わっていただいた皆様へ、心から感謝申し上げます。

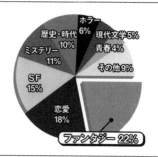

没落貴族の嫡男なので好きに生きようと思います

～最強な血筋なのにどうしてこうなった～

著 やまと
イラスト ダイエクスト（DIGS）、黒銀（DIGS）

コミカライズ企画進行中！

没落貴族の嫡男《ちゃくなん》は神聖魔法で無双する！

武の名家サルバトーレ家の嫡男として生まれたアシムは、5歳の誕生日に前世の知識を思い出すが、
前世の知識に照らし合わせて自分の状況を分析してみると、人生が詰んでいることに気づく。
サルバトーレ家は貴族から没落したうえに、他の貴族に嵌められて、
その武の才能を飼殺しにされていたのだ。
どうにか自由な人生を取り戻そうと努力するアシムは、不思議な力を使って成り上がっていく――。

辺境の地から魔法と知識チートで成り上がる、異世界領地改革ファンタジー、いま開幕！

本体価格1,200円＋税　ISBN978-4-8156-0588-9

ツギクルブックス

https://books.tugikuru.jp/

優しい家族と、たくさんのもふもふに囲まれて。
～異世界で幸せに暮らします～
vol. 1~2
「がうがうモンスター」にてコミカライズ好評連載中！
著／ありぽん
イラスト／Tobi
もふもふたちのいる異世界は
優しさにあふれています！

新レーベル
プティルコミックス
プティルノベルス
× めちゃコミック コラボコンテスト
プティル恋愛小説大賞
あなたの小説が書籍化される!?
コミックになる!?
オトナのトキメキ♡スイッチオン★
胸きゅん間違いなしの
ラブストーリーを大募集!!
応募期限
2020年11月30日
©YAMIKA NAO
プティル恋愛小説大賞とは
詳細はこちら
プティルノベルス sweet、プティルコミックス sweet、めちゃコミックで作品選考の上、紙書籍、電子書籍の出版化を行います。そして更にめちゃコミックでの独占先行配信、メディアミックス、海外展開なども検討していきます。
ツギクル https://www.tugikuru.co.jp/petir1/

ツギクルブックス

愛読者アンケートに回答してカバーイラストをダウンロード！

愛読者アンケートや本書に関するご意見、ひつじのはね先生、戸部淑先生へのファンレターは、下記のURLまたは右のQRコードよりアクセスしてください。

アンケートにご回答いただくとカバーイラストの画像データがダウンロードできますので、壁紙などでご使用ください。

https://books.tugikuru.jp/q/202010/mofushira5.html

本書は、「小説家になろう」（https://syosetu.com/）に掲載された作品を加筆・改稿のうえ書籍化したものです。

もふもふを知《し》らなかったら人生《じんせい》の半分《はんぶん》は無駄《むだ》にしていた5

2020年10月25日　初版第1刷発行

著者　ひつじのはね

発行人　宇草 亮
発行所　ツギクル株式会社
〒106-0032　東京都港区六本木2-4-5
TEL 03-5549-1184
発売元　SBクリエイティブ株式会社
〒106-0032　東京都港区六本木2-4-5
TEL 03-5549-1201

イラスト　戸部淑
装丁　AFTERGLOW

印刷・製本　中央精版印刷株式会社

ISBN978-4-8156-0585-8
Printed in Japan